Der Maler Friedrich Roderer hat sich ganz seiner Kunst verschrieben, für sein ganzes Leben, wie er meint. Monatelang malt er an dem riesigen Ölgemälde einer Moorlandschaft, von einem Blockhaus aus, das er eigens zu diesem Zweck am Rande des Moores hat errichten lassen. Er führt ein derart weltabgewandtes Leben, daß er in den Ruf eines Sonderlings gerät – bis die schöne Susanna in sein Leben tritt...

Stifters Erzählung *Nachkommenschaften*, 1865 erstmals erschienen, trägt autobiographische Züge: Stifter war selbst Landschaftsmaler, bevor er sich ganz dem Schreiben zuwandte. Er reflektiert hier ironisch die für ihn zentralen Themen des Verhältnisses von Kunst und Leben und der Bestimmung des einzelnen durch Familie und Herkommen, Themen, die er auch in seinen großen Romanen und Erzählungen behandelt.

Im insel taschenbuch liegen u. a. vor: *Der Nachsommer.* Mit einem Essay von Hugo von Hofmannsthal, it 653. *Bergkristall.* Und andere Erzählungen, it 438. *Der heilige Abend.* Mit farbigen Illustrationen von Monika Wurmdobler, it 699.

insel taschenbuch 2415

Adalbert Stifter

Nachkommenschaften

Adalbert Stifter
Nachkommenschaften

Eine Erzählung

Insel Verlag

insel taschenbuch 2415
Erste Auflage 2001

Hinweise zu dieser Ausgabe am Schluß des Bandes
Vertrieb durch den Suhrkamp Taschenbuch Verlag
Umschlag nach Entwürfen von Willy Fleckhaus
Druck: Friedrich Pustet, Regensburg
Printed in Germany

1 2 3 4 5 6 – 06 05 04 03 02 01

Nachkommenschaften

So bin ich unversehens ein Landschaftsmaler geworden. Es ist entsetzlich. Wenn man in eine Sammlung neuer Bilder gerät, welch eine Menge von Landschaften gibt es da; wenn man in eine Gemäldeausstellung geht, welch eine noch größere Menge von Landschaften trifft man da an, und wenn man alle Landschaften, welche von allen Landschaftsmalern unserer Zeit gemalt werden, von solchen Landschaftsmalern, die ihre Bilder verkaufen wollen, und von solchen, die ihre Bilder nicht verkaufen wollen, ausstellte, welch allergrößte Menge von Landschaften würde man da finden! Ich rede hier gar nicht von verschämten Töchtern, welche in Wasserfarben heimlich eine Trauerweide malen, unter welcher irgend ein bekränzter Krug steht, an dessen Fuße Vergißmeinnicht blühen, welches Werk die Mutter zum Geburtstage erhalten soll; ich rede ferner nicht von den Erzeugnissen, welche reisende Frauen oder Mädchen von dem Dampfschiffe oder dem Fenster ihres Gasthauses aus in ihr Handbuch als Erinnerung eintragen; ich rede auch nicht von den Landschaften, welche Schönschreibmeister in ihre Verzierungen verflechten, noch von den Päcken Zeichnungen, welche alljährlich in den Fräuleinschulen verfertiget werden, unter denen sich viele Landschaften mit Bäumen befinden, auf denen Handschuhe wachsen – wenn man das alles hinzu zählte, so wären wir mit Landschaften überschüttet, und die Menschen müßten verzweifeln. Nun, es sind der in Ölfarben gemalten und mit Goldrahmen versehenen Landschaften schon genug. Und ich will nun auch noch so viele Landschaften mit Ölfarben malen, als in mein noch übriges Leben hinein gehen. Ich bin jetzt sechsundzwanzig Jahre alt, mein Vater ist sechsundfünfzig, mein Großvater achtundachtzig, und beide sind so rüstig und gesund, daß sie hundert Jahre alt werden können; mein Urgroßvater, mein Ururgroßvater und deren Großväter und Ururgroßväter sind nach der Überlieferung der Großmutter über neunzig Jahre alt geworden: wenn ich nun auch so alt werde, und stets Landschaften male, so gehören, falls ich sie alle am Leben lasse, und sie einmal in Kisten samt ihren Rahmen verpackt vorführen will, fünfzehn zweispännige Wägen mit guten Rossen dazu, wobei ich noch so manchen malfreien und vergnügten Tag verleben kann.

Das ist betrachtenswürdig.

Ich fahre fort. Wenn man zu einem Alpensee kommt und in einem einsamen Gasthause übernachtet, so kommen abends drei oder vier Landschaftsmaler in die Gaststube, welche unter Tags auf verschiedenen Stellen des Angers gesessen sind und gemalt haben. Die sich an dem Rande des Gletschers befinden, übernachten in der Alphütte auf der Ochsenwiese oder sonst irgendwo. Unterhalb des Staubbaches sind mehrere sehr große weiße Sonnenschirme ausgespannt, wie das Schildkrötendach der Römer bei Belagerungen, unter denen Männer sitzen und versuchen, den herabwallenden Schleier des Wassers nachzuahmen.

Am Rande des Waldes dann, vor den Trümmern eines alten Ritterschlosses, vor getürmten Felsen, vor gedehnten Ebenen, am Gestade des Meeres, in Grotten und grünblauen Eishöhlen der Gletscher, vor einzelnen Bäumen,

Ruinen, Wässerlein, Waldpflanzen, sind solche, welche sich bestreben, die Dinge, die sie da sehen, mit Farben auf ihren Leinwanden zu bekommen. Dann macht noch ein Lehrer der Landschaftschule von der Staatsmaleranstalt mit allen seinen Schülern einen Ausflug, daß sie nun im Freien die Dinge gerade so malen, wie sie sie sonst in der Stube nach seinen Vorlagen gemalt haben. Und ich bin jetzt auch mit einem dreifüßigen, zusammenlegbaren Feldstuhle versehen, dann mit einem weiten, groben weißgrünen Sonnenschirme, den ich in die Erde pflanzen und so befestigen kann, daß er wie ein Wartturm dasteht; dann mit einem Malerkasten, der mit Leinwand, Papier, Farben, Pinseln und so weiter versehen ist und als Staffelei dient; ich will von den wasserdichten Stiefeln und von dem Wachsmäntelchen und andern Schutzdingen gar nicht reden.

Das ist bemerkenswert.

Oft, wenn ich die unzähligen Bücher betrachtete, welche sich in öffentlichen Sammlungen befinden, oder wenn ich die Verzeichnisse neugemachter Bücher ansah, dachte ich, wie man denn noch ein Buch machen kann, wenn schon so viele vorhanden sind; ja, wenn man eine neue, erstaunliche Erfindung macht, so mag man selbe in einem Buche beschreiben und erklären; aber wenn man bloß etwas erzählen will, da schon so unendlich viele etwas erzählt haben, so erscheint das sehr überflüssig. Und doch ist es mit einem Buche viel besser als mit einer in Öl gemalten, in einem Goldrahmen befindlichen Landschaft. Ein Buch ist an sich klein, kann in einem Winkel liegen, die Blätter können herausgerissen werden, und die Teile des Einbandes können als Deckel auf Milchtöpfchen dienen; aber die Landschaft, mit deren Goldrahmen die Menschen Mitleid haben, kann mehrere Geschlechter hinter einander warten, bis sie in einem Gange eines Schlosses, oder in dem Vorhause eines Wirtshauses, oder an der Außenwand eines Trödlergewölbes hängt, und endlich, wenn gar kein Gold mehr an dem Rahmen ist, und die Farben alle Töne ihres Lebenslaufes bekommen haben, in der Rumpelkammer alle Jahre in eine andere Ecke gestellt wird, und so gleichsam als ihr eigenes Gespenst umgeht, während von dem Buche schon alle Blätter verbraucht sind, und die

Deckel morsch und schimmlig geworden und weggeworfen worden sind.

Aber ich bin ganz unschuldig.

Ich habe nie daran gedacht, ein Landschaftsmaler werden zu wollen. Habe ich in der lateinischen Schule in der Benediktiner-Abtei nicht den ersten Preis erhalten? Muß ich daher nicht tüchtig Lateinisch gelernt haben? und auch Griechisch? und habe ich nicht auch sehr viele Erdebeschreibung und Geschichte vor mich gebracht? Da hatten sie auch eine Zeichnungsschule. Ich hüpfte vor Freude empor, als ich von einem Schüler einer höheren Klasse eine mit Tusch gemachte Säule sah, deren Grund schön blaß grünspangrün, und deren Durchschnitt schön blaß rosenrot war.

Ich schrieb meinem Vater um die Erlaubnis, in diese Schule eintreten zu dürfen, und erhielt sie. Ich malte nun auch solche Säulen mit grünspangrünem Grunde und rosenrotem Durchschnitte. Dann zeichnete ich aber Bäume, und der Lehrer ließ mich recht viele zeichnen, weil er sagte, ich hätte Anlage. Und da waren im Mittage von der Abtei sehr schöne blaue Berge, grüne Hügel, goldene Getreidefelder, rauschende Wässer und Bäume mit wunderbaren Blätterschlägen. Ich betrachtete das alles mit Vergnügen, zeichnete manches mit schwarzer Kreide, und anderes malte ich mit Wasserfarben auf weißes oder auf blaues Papier.

Und als ich schon lange nicht mehr in der Abtei war, als ich Menschen und Städte und Bildersammlungen und Bilderausstellungen angesehen hatte, und als ich in den Alpen oft vielmal kreuz und quer, hin und wider gewandert war, sagte ich: soll es denn gar nicht möglich sein, den Dachstein gerade so zu malen, wie ich ihn oft und stets vom vorderen Gosausee aus gesehen habe? Warum malen sie ihn alle anders? Was soll denn der Grund dieses Dinges sein? Ich will es doch sehen. Und ich machte nun zehn und etliche Versuche. Sie mißlangen sämtlich. So sehr war ich damals darauf erpicht, den Dachstein so treu und schön zu malen, als er ist, daß ich einmal sagte: ich möchte mir am Ufer des vorderen Gosausees dem Dachsteine gegenüber ein Häuschen mit einer sehr großen Glaswand gegen den Dachstein bauen, und nicht eher mehr das Häuschen verlassen, bis es mir gelungen sei, den Dachstein so zu malen, daß man den gemalten und den wirklichen nicht mehr zu unterscheiden vermöge.

Da sagte ein Freund von mir, der aber ein Schalk war: »Dann wirst du siebenundfünfzig Jahre in dem Häuschen gewesen sein und gemalt haben. Die Sache wird bekannt, die Zeitungen reden davon, Reisende kommen herzu, Engländer werden auf den Höhen herum sitzen und mit Ferngläsern auf dein Häuschen schauen, Freunde werden dich mit manchem Nötigen versehen, und wenn die siebenundfünfzig Jahre aus sind, wirst du sterben, wir werden dich begraben, und das Häuschen wird angefüllt sein mit mißlungenen Dachsteinen.«

Er hätte mögen mit dem Mißlingen recht haben; aber ich baute das Häuschen nicht, und ich malte keine Dachsteine mehr; allein die Farben hatte ich nun einmal angeschafft, der Sonnenschirm, der Malerkasten, der Feldstuhl waren da, und ich malte weiter. Das Malen ist mir lieber als die ganze Welt; es gibt gar nichts auf der Erde, was mich tiefer ergreifen könnte, als das Malen. Wenn das Früh rasch dämmert, wache ich auf und freue mich schon darauf, wieder in den lieblichen Farben zu wirken, und wenn der Abend kommt, denke ich daran, was der Tag gefördert hat, oder worin er zurückgeblieben ist, und male in Gedanken weiter.

Bei mir ist aber vieles anders als bei andern Malern. Der Schalk hätte nicht erlebt, daß das Häuschen am Gosausee mit mißlungenen Dachsteinen angefüllt gewesen wäre. Alles, was mir von meinen Arbeiten nicht gefällt, verbrenne ich. Jene wirklich mißlungenen Dachsteinmalereien sind alle verbrannt worden, ich konnte sie gar nicht ansehen, und hatte keine Ruhe, so lange sie auf der Welt waren. Und so würde sich in dem Häuschen, wenn ich schon mein Ziel nicht erreicht hätte, nur sehr viel Asche gefunden haben. Wohl sagte mancher Freund: »Ich bitte dich, wenn dir auch eine Arbeit nicht gefällt, mir gefällt sie sehr wohl: schenke sie mir lieber, ehe du sie verbrennst, das ist ja widersinnig, an einem verbrannten Dinge kann ja kein Mensch mehr eine Freude haben.« –

»Das ist widersinnig, was du willst«, sagte ich, »an der nicht verbrannten Pfuscherei habe ich zeitlebens Ärger, so lange ich sie auf der Welt weiß, auf die verbrannte vergesse ich, indem ich mir denke, ich will jetzt etwas ganz Schönes machen.« Und so sind schon viele Dinge in das Feuer gegangen.

Diese Sache kann eine merkwürdige Folge haben.

Entweder ich vervollkommne mich von Bild zu Bild, dann ist bei meinem Tode nur *ein* Bild von mir vorhanden, an dem ich nämlich eben vor dem Tode gearbeitet habe, weil alle andern verbrannt worden sind; oder ich steige rasch empor, und male hierauf lauter Meisterstücke, dann sind bei meinem Tode jene fünfzehn zweispännigen Wägen voll Bilder von mir vorhanden, oder vielleicht zwanzig Wägen voll, weil ich in der Freude über das Gelingen meiner Werke immer eifriger male, und durch die Übung immer geschwinder zu malen verstehe. Wo würden dann aber jene Bilder sein? Würde ich sie wirklich, wenn ich einmal gegen mein Lebensende im siebenundneunzigsten oder achtundneunzigsten Jahre in eine andere Stadt oder in ein anderes Haus übersiedelte, in den Wägen zu verfahren haben? Oder werden sie zerstreut sein?

Dies führt mich auf einen weiteren Zustand meines Malertums. Ich habe nämlich das Glück, daß ich kein Bild verkaufen muß. Ich werde auch keines verkaufen. Ich habe an Geld und Gut so viel, daß ich, und wenn ich ein Weib mit sieben Kindern hätte, mit allen davon reichlich leben könnte. Ich werde aber gar niemals ein Weib bekommen, weil mir an einem solchen gar nichts liegt.

Mein Oheim sagte, als mein Vater Bedenken über meine Malerangelegenheiten äußerte: »Lasse dem Narren das Ding, er muß etwas haben, daran er mit den Hörnern stößt, und wenn du es ihm nimmst, so ergötzt er sich vielleicht daran, sein Geld zu verschwenden.« Nun, mit dem Verschwenden hat es seine guten Wege. Farben, Leinwand, Pinsel, Malerstäbe sind nicht teuer, sonst brauche ich nicht viel, und so wird das Geld immer mehr. Aber, was ich mit den Bildern, falls sie am Leben bleiben werden, tue? Das weiß ich noch nicht. Jetzt, wenn ich ein Bild male, und wenn Zug nach Zug so gelingt, so habe ich eine Freude daran, daß ich das Bild um keinen Preis hergäbe, man möchte mir Geld oder gute Worte, oder Verwandtschaftsliebe dafür bieten, bis ich es nach und nach verderbe und verbrenne. Bleiben also doch Bilder übrig, und ändere ich diesen Sinn nicht, so habe ich endlich wirklich alle meine Bilder in meiner Wohnung beisammen, oder in den Räumen, die ich dafür miete. Ändere ich meinen Sinn, was sehr übel wäre, so habe ich eine Schwester, die Kinder hat; so haben meine zwei Oheime Kinder, diese Kinder bekommen einst Kinder, welche wieder Kinder bekommen, so daß ich bei dem hohen Alter, welches ich erreichen werde, Nichten, Neffen, Geschwisterkinder, Urnichten, Urneffen, Urgeschwisterkinder, Ururnichten, Ururneffen, Ururgeschwisterkinder, und so weiter, in großer Zahl haben werde, unter welche ich meine Bilder als Geschenke verteilen kann.

Meine Großmutter sagt, daß unsere Vorfahren immer zahlreiche Nachkommenschaften gehabt haben, und daß das Geschlecht nie so zusammengeschmolzen gewesen wäre, wie eben jetzt: sich aber wieder auszudehnen beginne, indem ihre jüngeren Söhne schon so viele Kinder haben, und noch mehr zu bekommen hoffen dürfen, welche Hoffnung bei meinem Va-

ter auch noch nicht vorüber wäre. Und wären jene Oheime und Großoheime und Tanten nicht gestorben, von denen ich mein Geld geerbt habe, so würde das Geschlecht noch ausgedehnter geworden sein; das könnte nun einen Maler in Atem erhalten, der es mit Landschaften zu versorgen hätte. Mögen sie sich ausdehnen, ich dehne mich nicht aus, wie mein Großoheim sich nicht ausgedehnt hat, der so unendlich viele Hasen geschossen hat, bis er ohne Kind und Kegel gestorben ist.
Da bin ich in dem Lüpfinger Tale, an das mich auch eine Hexe gebannt hat. Es ist gar nicht schön, und hat ein langes Moor, von dem man das Fieber bekommt. Ich bekomme aber nicht das Fieber, denn ich war schon einmal da und bekam kein Fieber, sondern ich suchte das Moor und den daranstoßenden einfärbigen Fichtenwald und die gegenüber liegenden Weidehügel und den hinter ihm liegenden, ebenfalls einfärbigen Fichtenwald und die hinter diesem Fichtenwalde emporstehenden blauen und mit grauen Lichtern glitzernden Berge zu malen. Ich male jetzt wieder daran, weil ich das frühere verbrannt habe. Aber es ist nicht viel

zu malen, denn da hat ein unbillig reicher Mann das Schloß Firnberg gekauft, und läßt so viele Steine und Erde in das Moor führen und so viele Gräben von ihm hinwegziehen, daß das Moor kleiner und das Fieber weniger geworden ist. Er hat dann ein Bischen Gras und sehr schlechten Hafer auf dem Moore geerntet. Meine Frau Wirtin auf der Lüpf sagte, es sei jetzt gar nicht mehr der Rede wert, was an Fiebern erkranke, und ich sage, es sei nicht der Rede wert, was man an dem Moore malen könne - aber ich muß es malen, denn der reiche Mann vernichtet es am Ende ganz, und dann ist gar nichts zu malen.

Da ist auch ein Schlammbad mit einem Hause, das zu dem Schlosse Firnberg gehört; der reiche Mann hat das Haus veröden und das Schlammbad verfallen lassen, so daß das Schwein des Wegmachers der letzte Schlammbadegast gewesen sein soll. So ändert sich alles. Wenn nicht das Haus meiner Wirtin auf einem Hügel stände, von dem aus man das ganze noch übrige Moor und die zwei einfärbigen Fichtenwälder und die grauen Hügel gegenüber und die blauen Berge hinten überschauen kann, und wenn nicht der Hügel und das Haus schon seit der Sündflut dem Wirte gehörte, und wenn der jetzige Lüpfwirt nicht alles andere eher täte, als das Haus dem Lüpfgeschlechte zu entziehen und es weg zu geben: der reiche Mann hätte es schon gekauft und vielleicht den Hügel und das Haus in das Moor geworfen.

Wenn der Sohn und der Enkel des Lüpfwirtes dem Vater und Großvater nachschlagen, so werden sie auch ihre kleinen Felder auf den Anhöhen hinter dem Hügel pflügen, den Wanderern, die hier als auf einem Kreuzpunkte der Fußwege von vier Tälern zusprechen, einschenken, und einen Maler in dem oberen Stübchen beherbergen, der die Felder unter sich malt, wenn die Nachkommen des reichen Mannes schon lange statt des Moores nichts mehr haben als eine Wiese mit gelbem Grase und einen Acker mit kurzem Hafer.

Als es gestern seit den drei Tagen, die ich im Lüpfhause bin, zum ersten Male ein wenig wärmer geworden war, setzte ich mich gegen Abend, nachdem ich all mein unter Tags verwendetes Malerzeug geputzt und geordnet hatte, vorne auf den Hügel, wo ein Apfelbaum steht, auf ein Holzbänkchen an eines der vier dort befindlichen Holztischchen, um mein Abendessen zu verzehren. Die Wirtin brachte mir einen gebratenen Fisch, ein Ei, ein Stück weißen Brotes und ein Glas guten Weines, den sie meinetwegen eingelegt hatte. Diese Dinge kann man im Lüpfhause immer frisch bekommen, da die Hühner die Eier legen, der große Bach in der Lüpf Fische hat, und die Wirtin zu ihren Broten immer ein weißes Laibchen bäckt.

Als ich gegessen hatte und mich behaglich der Betrachtung meines Moores hingab, nicht des gemalten, sondern des wirklichen, kam ein Mann zu dem Apfelbaume. Er war von mittlerer Größe, hatte ein graues Käppchen auf und graue Kleider an. Seine nicht langen Haupthaare waren weiß, und sein nicht langer, voller Bart war auch weiß. Daraus sahen rote Wangen hervor, und die Augen, die er hatte, waren braun und klar. Er setzte sich zu einem der Tischchen, lüftete das graue Häubchen und wischte sich mit einem weißen Tuche ein wenig Schweiß von der Stirne. Dann lüftete er das

Häubchen noch einmal und grüßte mich. Ich erschrak, stand auf und dankte sehr artig; denn es wäre eigentlich an mir, dem jüngeren, gewesen, zuerst zu grüßen.
Die Wirtin brachte ihm in einem geschliffenen Deckelglase Bier und setzte es vor ihn hin. Nach einer Weile lüftete er den Deckel des Glases, blies den weißen Schaum ein wenig weg und kostete das Bier. Ich sagte: kostete; denn nicht sieben Fingerhüte voll hatte er getrunken. Nach einer sehr langen Weile trank er wieder, und jetzt mehr. Ich hatte nichts vor mir; denn wenn ich gegessen und mein Glas Wein getrunken habe, brauche ich nichts mehr. Wieder nach einer Weile, aber nach einer kurzen, redete er mich an und lobte den Abend. Wir saßen nämlich, wenn auch an zwei verschiedenen Tischen, doch so nahe, daß ein Gespräch geführt werden konnte. Ich lobte auch den Abend; denn wirklich, statt kühler zu werden, wurde er beinahe immer wärmer; das Moor unter uns wurde stets schöner und duftiger, und die Luft klarer. Er sagte, daß jetzt der Frühling mit Gewalt vorrücken werde, und daß wir kaum mehr bedeutende Fröste zu erwarten ha-

ben dürften, dann erzählte er mir von dem Straßenbau in Kiring, und sagte, daß man große Felsensprengungen habe machen müssen; die Sache sei aber sehr notwendig geworden, die Kiringer Straße sei über einen Berg gegangen, der Menschen und Tiere zu Schanden gerichtet habe. Dann redete er von dem Kohlenflöze im Fuchsberge. Es bringe jetzt der Gegend wenig Nutzen, da dieselbe noch Überfluß an der Rottanne habe; allein für die Folge und für die Ferne werde der Fuchsberg ein unermeßliches Gewicht erlangen; dann sagte er, daß die untere Lüpf durch diese gegen die jährlichen Überschwemmungen des Lüpfbaches gesichert werden sollte.

Ich antwortete wenig, weil ich die Sachen, von denen er sprach, nicht genug kannte und verstand, sondern ich hörte größtenteils nur aufmerksam zu. Er hatte während des Gespräches nach und nach sein Bier ausgetrunken, und als dieses geschehen war, legte er mehrere Kreuzer, die das Bier kostete, neben das Glas. Nach einer Weile stand er auf, lüftete wieder das graue Häubchen, wünschte mir eine gute Nacht, und ging fort. Ich hatte seinen Gutenachtgruß erwidert, indem ich aufgestanden war, und sah ihm nach. Die Wirtin, welche bei seinem Aufbruche aus dem Hause gekommen war, beknixte ihn und begleitete ihn. Ich setzte mich wieder zu meinem leeren Tischchen. Die Wirtin mochte ihn bis zum Wachholdergehege hinter dem Hause begleitet haben, wo der Weg abwärts zu gehen beginnt; dann kam sie aber wieder eilig hervor, und nachdem sie das Geld und das Deckelglas genommen hatte, sagte sie: »Das ist er gewesen.«

»Wer?« fragte ich.

»Der Herr Roderer«, sagte sie.

»Der Herr Roderer«, sagte ich, »der Herr Roderer? Nun Roderer heiße auch ich.«

»Ihr heißt Roderer, lieber Herr?« entgegnete die Wirtin.

»Nun, dann muß das ein anderer Roderer sein, und es gibt mehrere. Bei uns sind viele Meier, Bauer, Schmid.«

»So, Meier, Bauer, Schmid«, sagte ich, »diese gemeinen Dinge; aber Roderer! Und wer ist er denn, wenn er der Herr Roderer ist?«

»Der reiche Mann«, sagte sie.

»Der reiche Mann«, entgegnete ich, »der mit

seinem unbilligen Reichtum das Moor austrocknen will?«

»Ja, der die Steine in das Moor wirft«, antwortete sie. »Seit er uns im vorvorigen Herbste nach dem großen Hagelschlage das Wintersaatkorn geschenkt hat, kommt er immer herauf. Wir nehmen aus Erkenntlichkeit das Bier aus seinem Bräuhause, das er in der oberen Lüpf an dem Hasenhange gebaut hat, und da scheint es mir, daß er heraufkommt, das Bier zu kosten, ob wir es nicht verfälschen. Nun, Gott sei Dank, wir haben keine Ursache, etwas zu verfälschen. Er trinkt immer nur ein einziges Glas, nicht mehr und nicht weniger, dann bezahlt er es und geht. Oft kommt er alle Tage herauf, er hat ein eigenes geschliffenes Deckelglas für sich herauf gestiftet. An dem Willigitter wartet sein Wagen, und er fährt dann nach Lüpfing und in sein Schloß Firnberg. Er sitzt in der Wärme immer an dem Apfelbaume, und wenn es kalt ist, kommt er gar nicht. Er hat Euch gewiß angeredet, er redet alle Leute an.«

»Er hat mich angeredet – und woher ist dann der Herr Roderer gekommen?« sagte ich.

»Er ist weit her gekommen«, antwortete die

Wirtin, »mit seiner Frau und mit seinem Sohne und mit seiner Tochter ist er von Holland, oder von Spanien gekommen, und hat das Schloß gekauft, und hat einen Forstmeister, und hat einen Verwalter, und hat einen Braumeister, und hat einen Gärtner. Dem Zugerhäusler hat er gar kein Geld gegeben, als er abgebrannt ist, und hat sich dann in den Aufbau gemischt, und hat ihm dann einen Dachstuhl setzen lassen, um das Bauholz weg zu bringen, das er hinter dem Schlosse aufgehäuft hatte. Es liegt noch ein Teil da; aber es brennt jetzt niemand ab. Wir haben ihn Herr Baron heißen wollen, weil es sich so schickt, aber er hat es nicht geduldet. Im Frankwalde läßt er Fichtenbretter schneiden, und unten, wo der Letten ist, wirft er Gräben auf, damit Holz wachsen soll, wo nur Huflattig fortkommt und weiße Wasserblumen. Er kleidet sich nicht nach seinem Stande, und geht schlicht daher. In Lüpfing, will er, sollen alle kranken Armen in ein einziges Haus kommen, wohin er Suppe und Arzneien schicken will. In Kiring draußen hat er eine Mühle im Trocknen mit einem Kirchturme. Sein Sohn ist jetzt gar nicht da, er will die Maschinen lernen, und ist nach Engelland gefahren. Morgen wird es noch wärmer als heute, da kommt er gewiß wieder heraus, Ihr könnt mit ihm reden, vielleicht kauft er Euch die vielen Risse ab, die Ihr von dem Moore macht, er kann sie etwa gut brauchen.«

»Es ist schon recht, Frau Wirtin«, sagte ich, »morgen bringt Ihr mir, ehe der Tag graut, meine warme Milch hinauf mit dem weißen Brote, und legt noch ein Stück Brod dazu, das ich mitnehme, ich komme den ganzen Tag nicht nach Hause. Auf Abend bratet Ihr mir zum Mittagmahle ein Huhn oder eine Ente.«

»Ein Huhn ist nicht möglich«, sagte die Wirtin, »wir brauchen alle vorhandenen zum Eierlegen, aber eine Ente bekommt Ihr von der letzten Zucht, und weil die Rosenäpfel bis in den Frühling gedauert haben, stecke ich einen hinein.«

»Es ist gut«, sagte ich, »und jetzt gehe ich schlafen.«

»Glückliche Ruh'«, entgegnete die Wirtin und knixte. Ich ging die Treppe zu meiner Stube empor. Droben dachte ich: ›Es wäre doch entsetzlich närrisch, wenn dieser reiche Roderer –

nun, wie reich, weiß man doch nicht – auch noch ein Roderer zu unserem Geschlechte wäre; wenn sein Herr Sohn mein Herr Vetter, und sein Fräulein Tochter mein Fräulein Muhme wäre! Dann wären ja doch‹, dachte ich, ›die Roderer ausgedehnt genug. Ich muß es der Großmutter hinterbringen, die hat Freude am Forschen.‹

Der nächste Morgen stieg ohne ein Wölklein an dem Himmel herauf. Da kaum die Sterne erblaßt waren, kam meine gewissenhafte Wirtin mit der warmen Milch und den Broten herauf. Ich war schon angekleidet und aß schnell, was für den Morgen bestimmt war. Das Brod, die Nahrung des Tages, steckte ich in die Tasche, dann sah ich noch einmal die zwei Blätter an, die ich schon von Moorstellen entworfen und vorläufig in der Stube aufgehängt hatte, nahm meinen Kasten auf mich, den großen Sonnenschirm, meinen langen Stock, und trat die Wanderung an. Was nötig war, hatte ich schon gestern vorbereitet, Farben, Pinsel, und viele Blätter, darauf gemalt werden konnte; denn ich wollte Moor in Morgenbeleuchtung, Moor in Vormittagbeleuchtung, Moor in Mittagbeleuchtung, Moor in Nachmittagbeleuchtung beginnen, und alle Tage an den Stunden, die dazu geeignet wären, an dem entsprechenden Blatte malen, so lange es der Himmel erlaubte. Moor im Regen hatte ich mir schon vorgenommen von meinem Fenster aus zu malen. Über das Moor im Nebel habe ich noch nicht nachgedacht. Es ist doch ein Glück, daß ich für meinen Kasten eine Vorrichtung erfunden habe, viel ölnasse Blätter in ihm unterbringen zu können, ohne daß sie sich verwischen.

Es kam ein heißer Frühling, wie ich noch wenige erlebt habe. Ich mußte mich ungemein beeilen; die Stunden flogen wie Augenblicke dahin, die Beleuchtungen wechselten, und ich mußte die Stellen aufsuchen, von denen sich die Beleuchtungen am schönsten zeigten. Ich hätte bald gar kein Wasser für meinen Durst bekommen, wenn mir nicht die Männer, die mit Wägen auf dem Damme hinausfahren, der in das Moor gebaut ist, um von ihm Steine hinabzuleeren, in einem grünen, bauchigen Kruge frisches Quellwasser gegeben hätten. Es schmeckte vortrefflich.

Als der Tag vorüber war, und während ich alles

putzte, was not tat, und während ich den Kasten wieder in die Verfassung setzte, ihn morgen gleich mitnehmen zu können, bringt meine Wirtin die Ente, und als ich in der lauen Abendluft an dem Apfelbaume saß, und sie wohlgebraten mit dem Rosenapfel in ihrem Innern vor mir auf dem Tische stand, kam der Herr Roderer mit seinem grauen Anzuge, seiner grauen Haube und mit seinen weißen, kurzen Haaren daher. Ich sprang sogleich auf, ihn zuerst zu grüßen, daß ich nicht wieder die Beschämung wie gestern hätte; ich hielt meine Kappe in der Hand, und richtete die Augen auf ihn. Er lüftete wieder sein Häubchen wie gestern, und trat zu mir heran. Ich bot ihm einen Sitz an meinem Tischchen an, und er setzte sich zu mir. Dann brachte ihm die Wirtin sein Glas Bier.

Während ich nun meine Ente aß, tat er genau wie gestern. Er öffnete den Deckel, blies den Schaum weg und kostete das Bier. Nach einer Weile tat er erst den ersten Trunk. Das Gespräch kam heute viel leichter in den Gang. Er sagte, daß es viele Arbeit gegeben habe, da solche Frühlingstage viel fordern. In dem Garten, auf den Feldern und Wiesen, im Walde und auf der Weide sei zu schaffen gewesen. Er selber habe einen großen Weg zurückgelegt, da sei ihm der Abend doppelt willkommen.

»Ich habe ein Bräuhaus«, sagte er, »von dem ich mir das Bier des gelungensten Sudes in mein Haus kommen lasse, und es dort in einen guten Keller lagere und es gut behandle, und doch schmeckt mir ein Trunk des Bieres, das die Leute hier aus meinem Bräuhause nehmen, unter diesem Apfelbaume besser, als in meinem Hause. Wenn ich abends an dem Moore nachsehe, gehe ich gerne herauf und genieße den Trunk. Der Hügel hier besteht aus Sandstein, und da ist der Keller trefflich, und das Bier bleibt würzig. Dann ist das Heraufgehen, das schon vorbereitet, und dann ist das darauffolgende Fahren nach meiner Wohnung, das so behaglich ist. Ich will davon nicht reden, daß dieser einsame Hügel am Rande des Moores mit dem Apfelbaume etwas sehr Anziehendes hat, derlei muß man sich ausschlagen.«

»Ich schlage es mir nicht aus«, sagte ich, »deswegen bin ich an jedem Abende, wenn es nicht Frost oder Nässe hindern, hier.«

»Das wird anders werden«, entgegnete er, »man muß sich oft das Liebste ausschlagen. Sie haben heute sehr viel gearbeitet; meine Leute, welche an dem heutigen Tage an dem Moore beschäftigt sind, haben es mir gesagt, sie haben Sie den ganzen Tag ohne Mittagmahl gesehen.«

»Mein Mittagmahl ist diese Ente hier«, sagte ich.

»Das habe ich mir gedacht«, entgegnete er. »Ich lasse meine Leute an dem Moore immer nach einiger Zeit durch andere ablösen, daß die Gefahr des Fiebers für sie geringer wird. Sie aber gehen nun immer derselbe hinaus, und die Luft, die da erzeugt wird, kann auf Sie Einfluß nehmen.«

»Darauf muß ich es meines Zweckes wegen wohl ankommen lassen«, sagte ich.

»Nun, ich wünsche, daß Sie Ihre Zwecke auf das beste und vollständigste erreichen«, antwortete er, »man kommt durch Beharrlichkeit meistens zum Ziele; aber die Ziele wechselt man öfters.«

Und so redeten wir noch mehreres, bis er sein Bier ausgetrunken hatte, bis er aufgestanden war, sein Häubchen lüftete und mir gute Nacht sagte. Ich hörte dann, wie unten sein Wagen mit ihm fort rollte.

Am nächsten Tage war es wieder ganz heiter. Ich ging mit dem Anbruche des Tages in das Moor und blieb den ganzen Tag in demselben. Ich hatte mir zur Löschung des Durstes nun selbst eine sehr große, überflochtene Flasche voll Wasser mitgenommen. Das Wasser wurde wohl warm, aber es mußte helfen. Ich arbeitete auf allen Stellen an den für diese Stellen begonnenen Entwürfen weiter, bis es gegen Abend ging. Die Leute, welche mit Austrocknung des Moores beschäftigt waren, brachten Ladung nach Ladung, und warfen sie in den weichen Grund, der sie schlang, bis der Tag seinem Ende entgegenrückte. Er war noch viel heißer gewesen als der gestrige. Abends kam der alte Mann zu dem Apfelbaume, und wir redeten mit einander.

Ich wollte eine Reihe von Entwürfen ausarbeiten, die mir dann dienen sollten, ein sehr großes Bild in Angriff nehmen zu können.

Als ich eines Tages auf einer meiner Stellen saß – es war ein trockener, grauer Rasen, der sich unweit des Weges nach Firnberg am Rande des Moores befand, kam, während ich unter meinem weißen Schirme fleißig arbeitete, eine Gesellschaft gegen mich heran. Ich gewahrte erst, daß jemand hinter mir stehe, als ich einmal zufällig außerhalb meiner Richtung blickte, und Schatten von Dingen sah, die nicht ich und mein Sonnenschirm waren. Ich schlug den Deckel meiner Malvorrichtung zu, damit das Gemälde nicht mehr gesehen werden konnte, und blickte, auf meinem dreifüßigen Stühlchen sitzen bleibend, um. Da standen vier Menschen hinter mir. Zwei waren junge Mädchen, zwei waren junge Männer. Ein Mädchen war gerade hinter mir gestanden. Es hatte braune Haare, braune Augen und ein blühendes Angesicht. Auf dem Haupte war ein gelbes Strohhütchen. Neben ihr stand ein Mann, der hatte nankinggelbe Beinkleider an, eine nankinggelbe Weste, einen nankinggelben Rock, und auf dem Haupte hatte er auch ein gelbes Strohhütchen. Er war blond und hatte eine fröhliche Gesichtsfarbe. Die anderen zwei waren sich fast gleich. Jedes hatte schwarze Haare und dunkle Augen. Sie standen etwas weiter weg.

Als ich diese vier Menschen erblickt hatte, stand ich von meinem Stühlchen auf, und wendete den Rücken gegen mein Malerzeug, das Angesicht aber gegen die Personen. So blieb ich stehen.

»Sie handeln mißgünstig, daß Sie uns den Anblick Ihrer schönen Arbeit so schnell entziehen«, sagte die mit den braunen Augen.

»Sie haben diese Arbeit, deren Schönheit noch ungewiß ist, schon heimlich gesehen«, antwortete ich.

»Wir haben Sie überrascht«, sagte sie, »da Sie in Ihrer Kunst vertieft waren, und haben wohl etwas zugesehen. Halten Sie das für unrecht?«

»Ja«, entgegnete ich, »weil Sie nicht wissen konnten, ob der malende Mann sein Malen zum Zusehen eingerichtet habe.«

»Dies ist ein Weg, auf dem man von Kiring nach Firnberg gehen kann«, nahm jetzt der blonde junge Mann das Wort, »und jeder Mensch darf dieses Weges gehen, der sich keiner Übertretung schuldig gemacht hat, um derentwillen man ihn einfangen dürfte. Da wir nun zu dieser Menschengattung nicht gehören, so ist uns erlaubt, auf dem Wege zu gehen.

Und da wir Augen haben, dürfen wir auf den Weg schauen, und auf alles das, was sich neben ihm rechts und links befindet.«

»Was sich rechts und links befindet«, antwortete ich, »ja – wenn man an dem Weg handelt, wohl nicht: dazu braucht man die Einwilligung des Handelnden.«

»Sie konnten ja Ihr Malerfach schließen, als Sie uns kommen hörten«, sagte der Mann.

»Ich habe Sie nicht kommen gehört, das wissen Sie recht gut«, antwortete ich.

»Zanken Sie nicht, Herr Graf«, sagte die Braunäugige, »es ist wohl von uns unartig gewesen, daß wir, von dem Farbenreize, der da unter der aufgespannten Schirmleinwand war, verführt, stehen blieben und ein wenig zusahen, wie dieser Farbenreiz entsteht. Wir hätten den Herrn um Erlaubnis bitten sollen.«

»Sie haben recht, schöne Susanna, wie Sie immer recht haben«, antwortete derjenige, den sie mit ›Herr Graf‹ angesprochen hatte, »und vielleicht öffnet nun dieser Herr, wenn ich ihn für Sie recht artig bitte, den Deckel von seinem Farbenreize.«

»Was unter dem Deckel dieses Faches ist«, entgegnete ich, »besteht aus unfertigen Strichen und Haken, die nur für den einen Sinn haben, der sie weiter entwickeln und zu diesem Sinne gestalten will. Daher sind sie zum Vorzeigen nicht geeignet.«

»Das ist richtig und billig«, antwortete die Braunäugige, »aber ich weiß, edler Herr, daß Sie in der Lüpfschenke fertige Entwürfe dieser Gegenden haben: wäre es dann für ein Mädchen, das diese Gefilde und die Kunst liebt, unbescheiden, wenn es den Wunsch hegte, einige dieser Entwürfe zu sehen?«

»Es ist nicht unbescheiden, diesen Wunsch zu hegen«, sagte ich, »allein meine Gemälde sind nicht zum Vorzeigen verfertigt worden. Vielleicht zeige ich sie jemanden, vielleicht schenke ich sie jemanden, vielleicht behalte ich sie immer bei mir, vielleicht zerstöre ich sie auch. Zudem sind die Dinge, welche in der Lüpfschenke liegen, nur Entwürfe, und keine Gemälde. Ich kann sie Ihnen daher nicht zeigen.«

»Sie sehen schon, verehrte Susanna, daß mit diesem edlen Herrn kein Vertrag zu schließen ist«, sagte der, welcher ›Herr Graf‹ geheißen worden ist, »wir müssen wohl schon darauf

verzichten, etwas mehr zu sehen, als wir schon gesehen haben.«
»Wir müssen halt verzichten«, sagte sie.
Nach diesen Worten nickte sie, ich verbeugte mich, die anderen verbeugten sich auch, und die zwei Paare gingen vorüber.
Nach kurzer Zeit kam ein Wagen in der Richtung, in welcher die vier Menschen gingen, an mir vorüber. Der Wagen war leer, er war sehr schön und wurde von zwei vorzüglichen Braunen gezogen. Als er die zwei Paare eingeholt hatte, setzten sie sich ein und fuhren in der Richtung nach Firnberg weiter. Ich aber öffnete jetzt den Deckel, setzte mich, und malte noch so lange fort, bis meine Zeit an dieser Stelle aus war.
Ich habe diese Menschen später noch einmal gesehen. Wenn ich auf der Stelle neben dem Wege saß, war ich nach jener Begegnung sehr vorsichtig, und sah zu rechter Zeit wegauf- und wegabwärts. Und da sah ich sie kommen. Ehe sie mich erreichten, schloß ich den Deckel, stand auf und richtete das Angesicht gegen sie. Da sie vorüber gingen, grüßte ich sie, und sie dankten. Susanna hatte sehr große, feurige

Augen, und sah mich mit ihnen an. Da sie ihres Weges weiter waren, malte ich erst ruhiger fort.

Es kam endlich eine andere Zeit. Ein Gewitter ging über das Moor, und es folgten mehrere kalte und regnerische Tage. Den Regen über dem Moore suchte ich nun von meinem Fenster aus zu malen. Da trübe Tage ohne Regen kamen, ging ich in meinem Zimmer daran, die gemalten Entwürfe auf das einzige große Bild anzuwenden, das ich vor hatte. Ich stellte zu dem Zwecke meine zerlegbare Staffelei zusammen, spannte auf Leisten, die ich mitgebracht hatte, eine große Leinwand, stellte die Leinwand auf die Staffelei, und richtete neben ihr einen eigenen Malerkasten zurecht. Damit ich von Zeit zu Zeit die rechte Ferne von dem Bilde nehmen konnte, öffnete mir die Wirtin die Türe in eine Dachbodenkammer, in die man aus meinem Zimmer gelangen konnte, und ich ging nun während der Arbeit oft in dieses Nebengemach und sah aus demselben auf mein Bild hinaus. Ich bestellte sofort durch ein Schreiben auch einen Goldrahmen samt einer Kiste für das Bild, damit ich durch nichts in der

Förderung des Werkes aufgehalten würde; denn die letzten Striche an einem Bilde sollen und müssen in dem Rahmen gemacht werden, und die Kiste brauchte ich, um in jedem Augenblicke das Gemälde an einen andern Ort schaffen zu können, falls ich das für nötig finden sollte. Um nicht zerstreut zu werden, aß ich auch jetzt zu Mittag nicht, sondern legte mir ein Brod zurecht, von dem ich zeitweise einen Bissen nahm. Erst gegen Abend, wenn ich aufhörte, wenn alle Geräte gereinigt waren, und wenn ich alles für den nächsten Tag zurecht gerichtet hatte, beriet ich mich mit der Wirtin über mein Mittagessen, das zugleich ein Abendessen war.

In den fünf trüben, zum Teile auch mit Regenschauern heimgesuchten Tagen konnte ich die große Leinwand ganz mit Farbe bedecken, also das Bild untermalen. Die Wirtin hatte mir nach und nach die allerlei Habseligkeiten, die sie in der Dachbodenkammer hatte, weggeräumt, und mir auch die Kammer zur gänzlichen Benützung gegeben, da sie sah, wie ich anfing, ganz und gar keinen Platz mehr zu haben. Ich setzte in diesen fünf Tagen keinen Fuß aus

dem Hause, um einen Gang in den Fluren zu machen, kaum daß ich zuweilen abends ein wenig unter den Apfelbaum trat und in das Moor hinaus sah.
In diesen fünf Tagen ereignete sich eine Seltsamkeit mit mir, die ich im Grunde von mir nicht begreifen konnte. Der reiche, alte, kurzweißhaarige Herr Roderer, der natürlich durch die regnerischen und trüben Tage in seinen Arbeiten im Moore nicht aufgehalten war, ja in der Kühle durch Pferd und Mann mehr wirken konnte als in den heißen Tagen, der mir also einen bedeutenden Vorsprung abgewann, kam auch an manchem Regentage, oder wenn es grau und frostig am Himmel war, auf den Lüpfhügel herauf. Er saß dann mit mir in der Wirtsstube, in welcher selten abends ein Gast war, da die Fußgänger, die am häufigsten hier zusprachen, das Moor am Abende mieden, teils der Dünste, teils der Gespenster wegen. Die Wirtin sagte mir, daß der hochgeborne Herr Roderer sonst an solchen Tagen nie gekommen sei, daß er an mir Gefallen gefunden haben müsse, und daß er jetzt auch länger da bleibe als sonst, wenn er auch eigen-

sinniger Weise nicht mehr als ein Glas Bier trinke.
Eines Tages, da es in der Wirtsstube zu sehr rauchte, während die Wirtin mein Abendessen kochte, saßen wir in dem einzigen noch verfügbaren Gelasse des Hauses, einem kleinen Kämmerlein neben meinen zwei Arbeitsstuben. Als ich nun am anderen Tage, ich weiß nicht, ob es wieder geraucht hat, den Herrn Roderer abermals die Treppe zu dem winzigen Kämmerlein herauf steigen hörte – ich kannte seine Tritte schon recht gut, und konnte sie von denen des Wirtes und der Wirtin und dem Gerassel der Buben wohl unterscheiden –, rief ich ihn, von den Worten der Wirtin und meiner eigenen Beobachtung, daß er wirklich jetzt länger bleibe, wirblig gemacht, durch die offene Türe meiner Stube zu mir herein, und nun sah er, da der Tag schon länger und es völlig licht war, alle meine Bilder und Entwürfe, die ich niemanden zeigen wollte, und die ich nicht einmal Susanna gezeigt hatte, die doch weit lebhaftere Augen besaß als der Herr Roderer, obgleich die seinigen so braun waren als die ihrigen. Ich putzte eben die Pinsel, und er ging von einer Arbeit zu der

anderen, wie sie eben entweder herum lagen, oder an die Wand geheftet waren, und betrachtete jede genau. Auch das angefangene, auf der Staffelei stehende große Bild schaute er lange an. Ich konnte es ihm nicht verbieten, da ich ihn selber hereingerufen und ihm folgerecht die Dinge zur Betrachtung preisgegeben hatte. Er sprach aber über alle die Arbeiten kein Wort. Wir setzten uns, da ich mit meinen Pinseln fertig war, in das kleine Stübchen, auf dessen Hängetischchen die Wirtin sein Bier und meine Abendkost gestellt hatte. Als seine Zeit um war, kletterte er die Treppe hinab, ging über den Hügel hinunter, und fuhr in seinem Wagen nach Hause.

Am anderen Tage war schönes Wetter. Mein Reisebarometer, welches ich in meiner Malerstube aufgehängt hatte, zeigte achtundzwanzig Zoll und vier Linien, was Dauer des schönen Wetters bedeutete, und ich nahm meine stets bereit stehenden Malerwandersachen, und ging sofort zum Malen auf das Moor hinaus. Es folgten mehrere schöne Tage, und ich benützte sie. Meine Wirtin hätte mir bald Unannehmlichkeiten bereitet. Es nahte das Kirchweihfest

in Lüpfing, und da redete sie mir zu, ich sollte an diesem Tage Ruhe machen und nach Lüpfing gehen; denn etwas Schöneres als dieses Fest könne ich gar nicht sehen. Ich wies ihr Ansinnen zurück. Als der Tag des Festes vorüber war, den sie ganz und gar in Lüpfing zugebracht hatte, kam sie abends zu mir an den Apfelbaum, an welchem heute mein Herr Roderer nicht saß, weil Feiertag war, und erzählte mir, wie außerordentlich schade es sei, daß ich nicht nach Lüpfing gekommen bin. Die Leute kennen mich alle, sie lieben mich, sie haben alle nach mir gefragt und meine Bilder gepriesen, sie habe gesagt, ich sei ein sehr gewöhnlicher Herr, der keinen Stolz hat und mit allen redet, sie könne meine Bilder sehen, wann sie wolle, wenn sie aufräume oder etwas frage, und ihr Mann könne sie auch sehen, wenn er ein Wasser hinauf trage oder dergleichen, und wenn ich nach der Arbeit aufräume, sage ich nicht einmal ihren Buben einen Tadel, wenn sie hinauf kommen. Die Leute freuen sich außerordentlich auf die Bilder. Sie werden kommen.
Ich sagte zu der Frau Wirtin: »Ihr, meine liebe Frau Wirtin, wenn Ihr in meine Stube kommt

und etwas zu schaffen habt, und Euer Mann, der Herr Wirt, wenn es für ihn bei mir etwas zu tun gibt, könnt meine Bilder nach Herzenslust anschauen, selbst Euere Knaben können es zu einer Zeit tun, in der sie mich nicht stören: aber jeder andere Mensch darf es nicht, wenn er auch aus Lüpfing oder Kiring kommt, oder aus der oberen Lüpf, oder aus der unteren Lüpf oder aus Paris, oder aus Petersburg, oder München. Sagt einem jeden, daß ich nicht Zeit habe, Leute zu empfangen, und daß meine Bilder nicht zu sehen sind.«

»Da ist so, so ist es«, antwortete sie, »wir haben ein großes Recht, wir und der hochgeborne Herr Roderer, die Bilder anzusehen, und sonst niemand.«

»Ihr könnt sie anschauen«, sagte ich, »weil Ihr seid, wie Ihr seid, und dem Herrn Roderer habe ich sie gezeigt, weil ich sie ihm nun eben einmal gezeigt habe.«

»Ja, das verstehe ich«, antwortete sie.

»Und so tut auch, wie ich gesagt habe«, erwiderte ich.

»Ich werde es tun, freilich tue ich es«, sagte sie. Und hiemit war wohl das Gespräch aus, aber nicht die Sache. Denn in den Tagen, die auf die Lüpfinger Kirchweihe folgten, kamen wirklich Leute aus Lüpfing und anderswoher zu mir, die mich einfach besuchen wollten. Die Tage waren trüb, ich arbeitete an dem großen Bilde in meiner versperrten Stube, und ließ sagen, daß ich mich nicht unterbrechen könne und nicht gestört werden dürfe. Endlich ließ ich mir durch den Wirt, welchen ich sendete, einen Wagen aus Lüpfing bestellen, und fuhr in demselben nach Lüpfing. Die Wirtin äußerte ihre Freude, daß ich einmal von der großen Plage, die ich mir auferlege, inne halte und auch ein Vergnügen suche, wie es sich gebühre. Ich aber kaufte in Lüpfing zwei gleiche Eisenringschrauben und ein Vorhängeschloß, und fuhr wieder heim. Die Eisenringschrauben schraubte ich von außen in Türstock und Türe meiner Stube so, daß die Ringe über einander paßten, und als ich das nächste Mal in das Moormalen ging, legte ich das Vorhängschloß in die Ringe, und sperrte so meine Stube, daß sie in meiner Abwesenheit nicht geöffnet werden und daß man meine Bilder niemand zeigen konnte.

Der Goldrahmen zu dem großen Bilde kam

nun auch endlich an. Der Rahmen war zerlegt und in seinen Teilen der Länge nach in die Kiste gepackt. Ich konnte ihn jetzt nicht zusammenstellen, sah aber an den Teilen, daß er sehr schön sein müsse, wie alles, was von meinem Vergolder kommt.

Als es schon Sommer war, und ich an einem lauen, lieblichen Abende mit Roderer an dem Apfelbaume saß, sagte er: »Sie werden sehr wahrscheinlich einmal zu malen aufhören, und dann gar nie mehr einen Pinsel anrühren.«

Ich schaute ihn mit den größten Augen, die in meiner Macht waren, an und sagte: »Das wäre das seltsamste Ding, ich finde dazu noch gar keinen Anfang in meinem Wesen. Und was werde ich denn dann tun, wenn ich nicht mehr male?«

»Das weiß ich noch nicht«, antwortete er, »aber tun werden Sie gewiß etwas.«

»Ja, gewiß etwas tun«, sagte ich, »und Sie können mir wohl nicht verargen, wenn ich Sie frage, was Sie zu diesem Ausspruche über mich berechtiget, der so tief in meine Tätigkeit eingeht.«

»Gewiß kann ich Ihnen die Sache nicht sagen«,

antwortete er, »aber sie ist mir sehr wahrscheinlich, und wenn mein Anspruch zur schnelleren Entwicklung Ihres Laufes etwas beitragen kann, so wird es mich sehr freuen, und wenn ich mich irre, und Sie ein Maler bleiben, so werden Sie durch meinen Ausspruch und mein Benehmen erst ein rechter Maler.«

»Nun, ich bin begierig«, sagte ich.

»Hören Sie mich an«, begann er, »es lebt seit Jahrhunderten ein Geschlecht, das immer etwas anderes erreicht hat, als es mit Heftigkeit angestrebt hat. Und je glühender das Bestreben eines dieses Geschlechtes war, desto sicherer konnte man sein, daß nichts daraus wird. Und nicht etwa durch das Schicksal wurden diese Leute aus ihren Bahnen geworfen; denn dann wäre ja mancher darin geblieben, weil Schicksal und Zufall nicht folgerichtig sind, sondern jeder verließ selber freiwillig und mit Freuden seinen Kampfplatz, und wendete sich zu anderen Dingen. Manche erreichten über Ansammlung der Mittel zu ihrem Zwecke den Zweck nicht. Sie waren alle höchst begabte Leute, einen einzigen ausgenommen, welcher ein gewöhnlicher Mensch war, und weil sie solche

Begabungen hatten, so wählten sie frühzeitig schon irgend eine Tätigkeit, spornten diese zu höchstem Feuer, und erreichten auch Erfolge, die andere Menschen in Erstaunen setzten; aber es genügten ihnen die Erfolge nicht, und sie warfen das Zeugs weg. Ich weiß nicht, wenn einmal einer gekommen wäre, der das Höchste in seinem Fache hervorgebracht hätte, ob auch er von demselben wieder gewichen wäre, ich weiß es nicht, weil der Fall nicht vorgekommen ist; ich glaube aber, dieser Mann wäre eine Ausnahme seines Geschlechtes geworden und hätte es zu seltenen Ehren gebracht, wenn er nicht, auch noch andern Gedanken nachjagend, all sein Tun für Stückwerk gehalten und es zu dem Plunder geworfen hätte. Wer kann das wissen. So merkwürdig ist aber das Geschick dieses Geschlechtes, daß selbst der gewöhnliche Mensch, der, wie ich Ihnen sagte, dazu gehörte, diesem Geschicke nicht entgehen konnte. Obwohl er nicht durch hohe Begabung zu vorzeitiger Tätigkeit getrieben und von ihr wieder abwendig gemacht wurde, so reichte sein Pfund doch gerade hin, zu tun, wie alle seine Väter, Vettern und Muhmen, nämlich ein Ungetüm von Zeit und Kraft einem Dinge zuzuwenden, um es dann gehen zu lassen, und ein anderes zu ergreifen. Ich kenne dieses Geschlecht außerordentlich genau, ich bin selbst einer davon, und zwar jener gewöhnliche Mensch, von dem ich Ihnen gesagt habe. Ich habe selber getan wie meine Angehörigen. Ich habe von denen erzählen gehört, welche vor uns gelebt haben, und ich habe beobachtet, was die gefördert haben, die mit mir gleichzeitig sind, und habe besonders die jüngeren beobachtet. Und gerade so, wie diese jüngeren, benehmen Sie sich, mein Herr. Sie haben sich der Landschaftsmalerei ergeben nicht des Geldes wegen, nicht des Ruhmes wegen, nicht aus Eitelkeit; denn Sie verbergen Ihre Bilder, zeigen sich nicht, wollen sie nicht verkaufen, sondern Sie streben nach eigener Billigung, wollen den Dingen ihr Wesen abringen, wollen die Tiefe erschöpfen, darum wählen Sie sich einen Gegenstand, der so ernst, schwierig und unbedeutend ist, daß ihm die anderen aus dem Wege gehen würden, dieses Moor. Sie verfolgen Ihren Zweck mit einer Kraft und Hartnäckigkeit, die zum Bewundern sind, Sie lassen alles, was sonst die Jugend bewegt, bei Seite liegen, ja Sie versagen sich die Befriedigung der gewöhnlichen Bedürfnisse, um nur Ihrem Ziele zuzusteuern, und Sie sind in Ihren Arbeiten zu Ergebnissen gekommen, die ganz ungewöhnlich sind. Ich verstehe Bilder, und wenn Sie mich einmal in meinem Hause besuchen wollten, würden Sie nicht unbedeutende Erzeugnisse der Malerkunst älterer Zeiten bei mir finden. Ihre Entwürfe, die ich genau angesehen habe, gehören zu dem Allerbesten, was die neue Kunst hervorgebracht hat, an Wahrheit übertreffen sie alles, was jetzt da ist; und eben deswegen werden Sie eines Tages sagen: Das ist doch noch nichts als leeres Getue, ich werfe es zum Teufel. Noch eins ist, das zu beachten kommt. Alle Nachkommen unseres Ahnherrn, auf den wir noch zurück zählen können, haben fast wie mit Eigensinn ohne erhebliche Ausnahmen braune Haare und braune Augen bei freundlicher Farbe des Angesichtes. Sie besitzen diese Merkmale auch, als sollte Ihr Körper mir auch noch die Anzeige geben, welche mir Ihr Geist gegeben hat. So sind die Dinge, und so habe ich aus ihnen über Sie geschlossen.«

»Ich habe Sie Ihre Ansichten entwickeln lassen«, entgegnete ich auf die Rede meines Nachbars, »und bin jetzt weniger betroffen über Ihren Ausspruch, als ich es war, da ich ihn eingangs Ihrer Mitteilung hörte, weil ich damals glaubte, er ruhe auf irgend einem untrüglichen Fuße, und raube mir wider meinen Willen meinen Lebensinhalt. Jetzt aber kann ich Ihnen mit Beruhigung sagen: Ich werde nie meinem Streben untreu werden, und ich werde nie der Landschaftsmalerei entsagen, mögen die Ergebnisse derselben sein, welche sie immer wollen. Ich kann dieselben nicht voraussehen; aber wenn man mir mein Tun nimmt, hat mein Leben gar keinen Wert und gar keinen Reiz, auch nicht den allergeringsten, und was man Vergnügen, Freude, Wonne, Seelenfülle, Geistesbefriedigung, Daseinsabschluß und dergleichen nennt, ist für mich dann nicht mehr als das Stäubchen, das in der Sonne spielt, oder der Sand, den der Bettler zertritt.«

»Das ist gerade auch eines der Merkmale mit«, entgegnete mein Nachbar, »und bestärkt mich in meiner Ansicht. Jeder unseres Geschlechtes war von der Unaufhörlichkeit seines Strebens schlechterdings durchdrungen, bis es aufhörte.

Die Männer jagten nach ihrem Zwecke, die Frauen duldeten und kämpften darnach, bis es nichts war. Da war der uralte Echoz – Vornamen gab es damals noch kaum –, der machte die Römerzüge des rotbartigen Friedrich mit, er dürstete nach ritterlichem Ruhme, nach Taten, die keiner nachtun könnte, nach schönen Waffen, Pferden, Kleidern, er wollte wie Büren, der Stammvater der Staufen, auf einem hohen Berge eine Burg bauen, ein hohes Fräulein ehlichen, und ein Geschlecht gründen, dessen Glanz noch weiter über die Erde gehen sollte als das der Staufen.

Er erwarb Reichtum, er heiratete ein hohes Fräulein, und verwaltete im Alter einen großen Hof, und ritt herum, seine Rinder, Schafe, Zuchtpferde zu zählen.

Sein Urenkel wollte den besten Wildstand in einem gezäunten, ungemein großen Gehege gründen, den es im deutschen Reiche geben sollte, und rodete endlich das Gehege zu Wiesen und Feldern, und mochte wohl der Roderer geheißen haben.

Ein anderer, Peter Roderer, lebte mit Söhnen und Töchtern auf seinem Hofe, und hielt Ordnung, und suchte alles kennen zu lernen, was gute Landwirte tun, um ihr Anwesen empor zu bringen; denn er wollte die beste Wirtschaft, die es geben kann, herstellen. Dann zog er gegen die Türken und ward ein Vorkämpfer und Führer, der geachtet wurde, und er starb in hohen Ehren, entfernt von seinem Hofe, den er nicht mehr sah. Dann war ein anderer Peter Roderer, welcher nach Reichtum strebte, um ein strahlendes Haus zu gründen, das der Neid aller im Gaue sein sollte; dann preßte er Cider aus Äpfeln, und suchte dieses Getränke im Lande zu verbreiten, so wie auch eine edle Obstzucht zu begründen, weshalb er aller Orten treffliche Bäume suchte und pflanzte. Seine Söhne waren die Roderer Peter Buben. Sie waren vier, und hatten ganz gleichen Sinn. Ihr Vater hatte ihnen einen mäßigen Hof in Tissenreit hinterlassen. Sie waren in ihrem Alter sehr nahe; denn jeder der Jüngern war von dem Nächstälteren ungefähr um ein und ein halbes Jahr verschieden. Sie hatten im Sinn, nicht einen Hof allein zu besitzen und zu bewirtschaften, wie Bauern, sondern sich zu heben und Edelsitze zu gründen. Jeder wollte Reichtum sammeln, dann ein schönes, reiches Mädchen heiraten, ein eigenes Anwesen herstellen und so fort wachsen.

Um dies auszuführen, beschlossen sie, den väterlichen Hof gemeinschaftlich zu verwalten, alles, was nur immer aus ihm zu ziehen wäre, in Geld zu verwandeln, und wenn genug Geld vorhanden wäre, es zu teilen, den Hof in die Teilung einzubeziehen, und dann ihr beabsichtigtes Leben zu beginnen.

Sie legten das gröbste Bauergewand an und gingen in hölzernen Schuhen. Sie unterzogen sich der härtesten Haus- und Feldarbeit, hatten gar keinen Knecht, sondern Taglöhner, und benötigten nur eine einzige Magd. Am Sonntage zog ein jeder einen besseren Rock und lederne Stiefel an, und so gingen sie in ihre eine halbe Wegstunde entfernte Pfarrkirche. Auf dem Heimwege zogen sie zur Sommerszeit Stiefel und Rock aus, gingen auf bloßen Füßen, und trugen Stiefel und Rock über der Schulter. Am Nachmittage dieses Tages saßen sie auf dem steinernen Gange im Innern ihres Hofes

und aßen jeder ein Stück weißen Brotes als Sonntagsgabe, oder im Winter in der gemeinschaftlichen kleinen Stube. Nie trank einer der vier einen Schluck Wein oder Bier oder Branntwein. Den Cider ihres Vaters und den sie selber machten, verkaufen sie, und was der Hof trug, wurde an Käufer abgelassen. Die Roderer Peter Buben starben unvermählt, jeder über neunzig Jahre alt, und hießen immer die Roderer Peter Buben.
Silber befand sich in Säcken, in Strümpfen, in alten Stiefeln, in hölzernen Kistchen oder Tiegeln. Zum Erben war Karst, der Mann ihrer Nichte, eingesetzt, der arm war, das Seinige zu Rate hielt und gerne Geld sammelte. Als Karst das Silber erhielt, war er wahnwitzig, lebte in Saus und Braus, verschwendete alles, und starb mit seiner Frau im Elende. Mit den Roderer Peter Buben wären die Roderer Peter Buben ausgestorben, wenn es nicht noch einen Roderer Peter Buben gegeben hätte, einen fünften, der aber nie so geheißen hat; denn als das Volk den Namen Roderer Peter Buben schöpfte, da sie gemeinschaftlich als junge Menschen ihren Hof verwalteten, war er schon lange nicht

mehr in dem Hause. Er war schon zu den Lebzeiten seines Vaters fortgegangen. Er hieß Friedrich.

Friedrich Roderer war ein räudiges Schaf. Er konnte schon als Jüngling, als jüngster unter den Brüdern, das Streben des Vaters nicht teilen. Ihm lag nichts an Obstzucht oder andern Dingen des Hauses, noch auch befreundete er sich mit den Geldneigungen der Brüder, die sie schon in der Kindheit gezeigt hatten, sondern er schweifte in der Gegend herum, wußte alle Vogelnester, kannte alle Hunde, wußte, wie sie hießen und wem sie gehörten, ritt auf allen Pferden, die auf der Weide waren und die er habhaft werden konnte, floh die Schule, verschleuderte jeden Pfennig, den er bekam; führte alle Buben der Gegend, welche, wie er, nicht viel in dem väterlichen Hause waren, zu Schlachten an oder zu Zügen in den Wäldern, oder sie fingen Fische und Krebse in den Bächen und brateten sich dieselben an einem Feuer, das sie angelegt hatten, und wenn er die Strafe des Vaters fürchtete, schlief er oft mehrere Nächte in einer Höhle oder unter einem überhängenden Steine, der ihn vor dem Nachttaue schützte.

Der Vater suchte ihn zu bessern, er redete ihm zu, er züchtigte ihn empfindlich; aber durch die Strafe wurde er nur störriger. Seine Mutter war schon vor langer Zeit gestorben. Später ließ er sich einen langen Bart wachsen und ging zu den Gauklern, welche auf dem Seile tanzten, durch Reifen Luftsprünge machten, Feuer fraßen, Bänder spieen und ihren Körper in die staunenswertesten Stellungen brachten. Er kam weit von seiner väterlichen Gegend weg, und man hörte lange nichts mehr von ihm. Von den Gauklern ging er zu den Schauspielern, und stellte die verschiedensten Handlungen und Gemütsbewegungen der Menschen dar. Er wollte das deutsche Schauspielwesen auf den Gipfel der Kunst erheben, und was er in der Kindheit so sehr geflohen hatte, die Bücher, das wurde jetzt sein Lieblingsgegenstand. Fast Tag und Nacht las er, oder er schrieb, oder ließ davon nur ab, um seinen Kameraden darzutun, welche Sachen schön und würdig seien, und wie man sie am herrlichsten darstellen könne. Als die Preußen Schlesien angriffen, zog er gegen sie ins Feld, und ging nun nie mehr zu den Schauspielern oder Gauklern zurück, sondern blieb unter den Soldaten, brachte es vorwärts, und wie er einst die Lotterbuben seiner Heimat zu Spielschlachten angeführt hatte, so führte er jetzt Männer zu wirklichen, und die Zahl, die unter ihm stand, wurde stets größer. Er kam zu Hab und Gut, heiratete ein reiches Fräulein, und mehrte dadurch den Besitz.

Was die vier Roderer Peter Buben in neunzig Jahren nicht zuwege bringen konnten, das erreichte der räudige Friedrich im Spiel und Sprunge. Er wohnte im Alter auf einem ihm zugehörigen Edelsitze, obwohl er selber nie nach dem Adel, der ihm hätte gegeben werden können, strebte.

Von der Erbschaft der Roderer Peter Buben hatte er nur ein Teilchen bekommen, man weiß nicht, ob durch das Gesetz oder auf eine andere Weise. Das arme Töchterchen Karsts, Mathilde, nahm er zu sich.

Dieser Friedrich Roderer war mein Urgroßvater, und von ihm stammen alle Roderer. Seltsam ist es, daß alle, so wie er den vollen Bart als Seilkünstler trug – wie er als Krieger war, wissen wir leider nicht mehr –, auch den vollen Bart trugen; aber im Widerspruche mit ihm trugen sie nicht einen langen, sondern einen auf drei Zoll zurückgestutzten Bart. Die zahlreichen Roderer, die von ihm stammen und ins Grab gestiegen sind, sah ich mit diesem Barte abgebildet, und die noch leben, kenne ich mit diesem Barte. Bei einigen, wie bei mir, ist er weiß geworden. Und haben Sie nicht auch, wie unser Geschlecht, einen kurzen, braunen Vollbart?«

»Das ist ein Zufall«, sagte ich, »jetzt ist es in vielen Männerkreisen Sitte, einen kurzen Vollbart zu tragen. Mir gefällt die Sitte und mir ist es bequemer, meinen Bart mit Schere und Kamm zu behandeln, als mit dem Schermesser.«

»Daß Ihnen diese Sitte gefällt, zeigt schon, daß Sie mit unserem Geschlecht gleich fühlen«, sagte Roderer, »wir trugen den Bart, da er noch nicht Sitte war.«

Er schwieg ein Weilchen, dann sagte er: »Wollen Sie denn von mir nicht auch etwas hören?«

»Dem würde ich die größte Teilnahme schenken«, sagte ich.

»Freilich«, antwortete er, »weil ich vor Ihnen sitze, und weil das Gegenwärtige immer mehr Kraft und Recht hat als das Abwesende. So hören Sie denn.

Von den vier Söhnen Friedrichs, nachdem einer von den Wölfen zerrissen worden war und einer sich in den deutschen Orden begeben hatte, heirateten zwei, mein Großvater Peter, der zweitjüngste, und der jüngste, Joseph. Auch die vier Töchter heirateten, und auch das angenommene Kind Mathilde. So wurden wieder Roderer und solche, denen von weiblicher Seite her Rodererblut in den Adern rann. Mein Vater hieß gleichfalls Peter, so wie ich wieder Peter heiße. Mein Vater besaß ein kleines Anwesen und trieb einen lebhaften Linnen- und Flachshandel. Vier Söhne und vier Töchter gebar ihm meine Mutter. Unsere Eltern erzogen uns sorgfältig und unter angenehmen Verhältnissen. Mein Vater las sehr gerne in geschichtlichen und wissenschaftlichen Büchern. Jede Zeit, die er frei hatte, widmete er fast ganz dem Lesen. Er hatte sich eine eigene Lampe und ein Pult erfunden, um nachts oder wenn er krank war, im Bette lesen zu können. Man sagte, daß er in seiner Jugend daran gegangen sei, eine Weltgeschichte zu schreiben. Wir haben nie etwas davon zu Gesichte bekommen.

Wir besuchten die Schulen, und gehörten zu

den besten Schülern. Ich weiß noch wie heute, wie dann in den freien Schulmonaten oft andere Roderer zu uns auf den Hof kamen, und wie wir dann Spiele hielten. Unter den Mädchen, welche auf dem einen oder dem andern Wagen von der einen oder der andern Seite zuweilen zu uns geführt wurden, war auch Mathilde, die Enkelin jener Mathilde, die von dem Obersten in das Haus genommen worden war. Das Mädchen hatte sehr schöne rosige Wangen, braune Haare und bedeutend große, braune Augen. Es war stille und schien ein wenig unwissend. Es schloß sich gerne an mich an, und wenn es die Vettern neckten oder sogar im Übermute nach ihm schlugen, stellte es sich an meine Seite, als ob es dadurch schon geschützt wäre. Als ich heran wuchs, kam ein großes Unglück in die Roderer. Alle starben in kurzer Frist, ohne daß eben eine Seuche im Lande war, an verschiedenen Übeln so zusammen, daß nur mein Vater mit seinen Kindern und ein Sohn Josephs, ein Witwer, übrig blieb. Dieser Sohn Josephs, der selber wieder Joseph hieß, war ein alter, gebrechlicher Mann, und bei ihm war Mathilde: sie wurde wenig beachtet, erhielt, was sie brauchte, und blieb unwissend. Ich war in der gelehrten Schule einer der besten Zöglinge; vor allem rissen mich die Dichter zur Begeisterung hin, und wie mein Vater Geschichtschreiber las, so las ich fast immer, wie nur eine freie Minute gegönnt war, Dichter.

Die alten Griechen hatte ich sehr bald inne, ich ging zu den Römern, die mir weniger behagten, und dann zu den Neuern. Ich schwamm in einem Meere von Wonne, wenn ich mich in der Welt der Dichtungen bewegen konnte, und es stiegen dann Gestalten von Helden, von erhabenen Frauen und von feenhaften Mädchen mit Engelswesen im höchsten Maße in meiner Seele empor. Und so wuchs der Wunsch und Entschluß heraus, Heldendichter zu werden. Alle Heldenbücher wurden wieder hervorgenommen, die alten und die unserer ersten, blühenden Zeit. Ich wählte Adam zu meinem Stoffe, die Makkabäer, Karl den Großen, Otto und Friedrich den Rotbart. Alle Dinge, welche sonst Jünglinge meines Alters erfreuen, berührten mich nicht mehr, außer die Welt meiner Dichtungen. Ich bedurfte nur sehr wenigen

Schlafes, wählte absichtlich sehr einfache Nahrung, und war immer bei meinen Schriften oder Büchern. Und wenn ich viele Stunden zu einem einzigen Verse brauchte, so wendete ich die Stunden an, bis der Vers leicht und schön floß, und tiefe Gestaltung hatte wie bei Homeros. Ich hatte oft freudige Schauer, wenn nach langem Schmieden eine herrliche Wendung gelang. Ich lernte zu meinem Zwecke Sprachen: Sanskrit, Hebräisch, Arabisch und fast alle europäischen Sprachen. Ich spreche sie noch mit einiger Fertigkeit. Da las ich nun das Größte, was in diesen Sprachen vorhanden war. Es war groß und außerordentlich; dennoch aber nicht so groß und nicht so außerordentlich wie die Wirklichkeit. Ich beschloß, alle Heldendichter zu übertreffen und die wirkliche Wahrheit zu bringen, und da sehr viele Zeit mit Sprachenlernen und Lesen vorüber gegangen war, und ich mein Ottolied wieder las und das Makkabäerlied, welch beide Entwürfe meine besten Arbeiten waren, reichten sie nicht an das Vorhandene, und da ich mit Anwendung aller meiner Zeit und Kraft Neues dichtete, und dasselbe nicht größer war als die bestehenden Lieder, und die wirkliche Wahrheit nicht brachte, dichtete ich nicht mehr und vertilgte alles, was ich gemacht hatte. Nur die Bücher, die ich kennen gelernt hatte, waren und blieben zu Zeiten meine Freude. Was ich jetzt tun sollte, wußte ich nicht. Es war eine Leere gekommen. Da trat eine Zeit heran, die alles änderte. Mein Vater starb eines plötzlichen Todes in der Fülle seiner besten Kraft. Ein stürzender Wagen hatte ihn erschlagen. Meine Mutter geriet in Verzweiflung, und der Gedanke, wer denn jetzt ihre Kinder in der Welt feststellen werde, marterte ihr Herz. Sie mußte das Geschäft unseres Vaters fortführen.

Forderungen wurden angemeldet, ausstehende Schulden geleugnet, Handelsfreunde drückten uns, Gerichtskosten liefen hinein, frühere Verluste vermehrten sich, und als man, um diesem Dinge ein Ende zu machen, das Geschäft zuletzt auflöste, zeigte sich bei der Abwicklung, daß uns fast nur das kleine Anwesen geblieben war, das kaum mehr als die dringendsten Bedürfnisse zu decken im Stande war.

Da sagte ich nun, meine häusliche Erziehung sei schon lange vollendet, ich sei der Älteste,

ich wolle meinen Geschwistern kein Faserchen entziehen, ich werde in die Welt gehen und mir Eigentum erwerben, um mich und meine Geschwister erhalten zu können und der Mutter zum Gütchen noch Beiträge zu leisten. Ich packte sogleich meine Sachen. Reisegeld nahm ich nur als Vorschuß, und sogleich verließ ich das Haus. Meine Sprachkenntnisse kamen mir nun sehr zu statten. Ich konnte in jedes Land Europas gehen. Ich ging aber nach Amsterdam. Nicht einmal mehr einen Gulden hatte ich im Vorrate, als ich dort ankam; aber wie ich früher mit der größten Ausdauer und mit allen Entbehrungen für meine Dichtungsarbeiten gekämpft hatte, so kämpfte ich jetzt für Erlernen und Fruchtbarmachen der Handelsgeschäfte.
Ich fand sogleich, da mir alle Bedingungen recht waren, einen Platz, und Fäßchen oder Kistchen auf Schubkarren fahren, oder Päcke tragen, oder Gegenstände in Mörsern stoßen, oder Waren in die kleinsten Abteilungen zum Verkaufe senden, oder Truhen, Fächer und Gläser säubern, alle Gänge verrichten, nachts öfters wachen und aufpassen tat ich nun so genau und sicher, wie ich einst mit vielem Feilen

meine Verse gemacht hatte. Ich war in hohem Maße sparsam, und schon nach vier Monaten konnte ich das mir vorgeschossene Reisegeld an die Meinigen zurückgeben. Jedes Stückchen Silber oder gar Gold, das mir eigen geworden war, suchte ich nach meinen erlangten Kenntnissen zu verwerten, und ehe noch die Augen meiner Umgebung auf mich gerichtet waren, hatte ich schon mein kleines Nebengeschäft, das mir Gewinn abwarf, und das ich nach dem Wachsen meiner Erfahrungen vervollkommte. Ich jagte jedem Heller Erwerb nach, und meine Habe in den kürzesten Fristen mit dem kleinsten Erträgnisse zu verwerten galt mir mehr als größere Gewinne nach längeren Zeiten.

Man wurde auf meine Verbindung aufmerksam, und zog mich auf sichere Stufen der Tätigkeit und der Gehalte, und vergrößerte so meinen Gesichtskreis und meine Kraft. Nach nicht langer Zeit wurde ich im Schreiben, Rechnen und in Geschäften im großen verwendet, und wieder nach nicht langer Zeit leitete ich fast unabhängig ein ausgedehntes Geschäft in mehreren Sprachen, und führte mein kleineres daneben in immer weiteren Kreisen.

Nach weniger Jahren, als ich je gedacht hatte, war ich selbstständig, der Name Peter Roderer, auf ein Handelspapier geschrieben, galt in ganz Amsterdam, und ich wurde für einen festen Mann gehalten.

In Frankfurt am Main hatte ich einst ein Mädchen kennen gelernt, welches so frei und ätherisch war, wie die in meinen Dichtungen, und so schön, wie die Prinzessinnen in den alten und neuen Heldenliedern. Ich hatte das Mädchen oft gesehen, mit ihr gesprochen, und war oft als Gast und in Geschäften in dem Hause seines reichen Vaters gewesen. Es hatte mir zu Zeiten Stimmungen eingeflößt, wie ich sie einst bei meinen Dichtungen hatte. Jetzt aber ging ich zu Josephs Mathilde, und sagte: ›Mathilde, willst du mein gutes, treues Weib werden?‹ Ihre großen, braunen Augen sahen mich noch größer, als sie waren, an, füllten sich mit Tränen, und sie sagte: ›Vetter Peter, ich gehe gerne mit dir, und will dir untertänig und treu sein, so lang ich lebe.‹ Und die größte Perle, das größte Juwel habe ich in mein Haus getragen und das größte Glück mit ihr in mein Leben. Sie ist mir eine sanfte, aufopfernde, liebende, treue, sorgsame Gefährtin durch alle Jahre gewesen, und lebt noch in der Reinheit ihres Wesens neben mir, und jetzt in ihrem Alter ist sie in meinen Augen weit schöner, als je die Fee aus Frankfurt in meinen jungen Augen gewesen ist. Die Hochzeit wurde auf dem Gütchen meiner Mutter gehalten, und alle meine Geschwister waren zugegen. Meine Brüder hatten die kleineren Unterstützungen, die ich ihnen früher, und die größeren, die ich ihnen später zukommen ließ, fast nicht gebraucht, und statteten mir jetzt alles zurück, wie ich ihnen einst mein Reisegeld zurückerstattet hatte. Sie hatten jeder ein Geschäft gegründet, und waren aufrechte und rechtschaffene Männer.

Die Schwester war an einen jungen, tüchtigen Mann verlobt. Alle konnten wir uns dahin vereinigen, der Mutter ein schönes, fröhliches Leben zu verschaffen. Als wir einmal in der unteren Stube, ehe das Essen aufgetragen war, um den buchnen Tisch in der Art saßen, wie einst als Kinder, und als die Mutter auf einer Bank neben dem großen, grünen Ofen saß, sagte sie: ›Alle Freuden der Welt nehmen ein Ende, nur die Freuden einer Mutter an ihren Kindern nicht.‹ Wir alle hatten Tränen in den Augen, und da wir nach dem Auftragen der Speisen die Mutter zu dem Tische gezogen hatten, konnte einige Zeit das Essen nicht in rechten Gang kommen. Ich ging mit Mathilde nun nach Amsterdam, und sie wurde das Bild jeder häuslichen Tugend. Sie strebte weniger nach Glanz. Was ihr an Kenntnissen fehlte, erwarb sie sich in meinem Umgange, wie weit ich es für meine Gattin als nötig erachtete, und mit ihr verlebte ich unter dem Drange und den Sorgen der Geschäfte wieder manche Zeiten meiner früheren Dichtungen, wenn wir uns in ein Buch oder in Erwerbungen aus dem Gebiete der Kunst teilten. Da uns der Himmel einen Sohn und eine Tochter geschenkt hatte, widmete sie sich den Kindern wie eine Mutter und Magd.

Als eine Reihe von Jahren vergangen war, als meine Mutter das irdische Leben verlassen hatte, und als meine Habe so angewachsen war, wie ich es nie zu meiner Lebensweise erwartet hatte oder bedurfte, trat ich das Geschäft ab, zog mein Eigentum aus demselben, ging mit ihm nach Deutschland zurück, und kaufte mir das Gut Firnberg, wo ich nun der Ruhe lebe, wenn man die Bewirtschaftung von Garten, Wiese, Feld und Wald, von Maierhof, Geflügel, Schafstall und allerlei Dingen Ruhe nennen kann. Gegen die Geld- und Handelsgeschäfte ist es Ruhe, und es ist die ursprünglichste Beschäftigung des Menschen. Ich habe mir auch zum Ziele gesetzt, mit meinem Erworbenen einzelnen Menschen oder der Menschheit überhaupt Gutes zu erweisen, so weit ich es vermag. Es gewährt mir dies ein besonderes Vergnügen. Wir können auch jetzt mehr Zeit den Büchern und Gemälden widmen, als wir es sonst zu tun im Stande waren. Ich werde hier absterben. Es ist stets ein merkwürdiges Zeichen der Roderer gewesen, daß sie immer in der Welt zerstreut waren, keiner Gegend angehörten, bald hier, bald da auftauchten, und wieder verschwanden, es gehört dies zu ihrem begabten oder unstäten Wesen, und mehrt dieses Wesen hinwiederum. Ich möchte einen festen Stamm der Roderer in dieser Gegend gründen, und ihn an diese Gegend heften, und wenn meine Nachkommen so denken wie ich, so trocknen sie das Moor völlig aus, verwalten ihre liegende Habe, genießen das Erworbene, vermindern es nie, vermehren es dagegen, wirken gut für die Menschen hier, verwachsen mit ihnen, werden stätig und ruhig, bleiben stets bürgerlich, und sagen: ›Peter Roderer, der Amsterdamer, ist der erste gewesen, der sich hier ansässig gemacht hat.‹ Nun, wie es der Himmel lenken will! So ist es mit mir, und Sie sehen, wie seltsam oft die Bestrebungen sind, und wie seltsam die Erreichungen. Ich wollte auf Ihre Lebensweise keinen Einfluß nehmen, ich erkenne in Ihrem Wesen und in Ihren Bestrebungen, daß dies eitel wäre, ich habe gesagt, was ich gesagt habe, weil Sie mich so sehr an die Roderer erinnern. Nehmen Sie meine Worte freundlich auf, wie sie freundlich gegeben sind.«

»Ich bin Ihnen sehr dankbar für Ihre Mitteilungen und für Ihr Vertrauen«, sagte ich, »es gewähren mir die Lebensbilder, in welche Sie mich haben blicken lassen, Belehrung und Anregung, und ich sehe es deutlicher, daß es gut ist, jedes Streben zu achten, in so ferne es nicht nach Schlechtem geht, und in dem eigenen zu verharren: so lange einen der eigene Geist nicht zu etwas anderen führt.«

»So spreche ich auch«, sagte mein Nachbar, »und was Sie hier behaupten, wird einem im Alter noch viel klarer, als es in der Jugend gewesen ist. Die Triebe zu Dingen sind in die Herzen gepflanzt, und in die der bedeutenderen Menschen mehr als in die der anderen, oder vielmehr: die stärkere Triebe haben und kräftiger nach ihnen handeln, werden eben bedeutendere Menschen.«

»Und kämpfen sich aber auch leichter zur Klarheit durch als die anderen«, sagte ich.

»Freilich«, antwortete er, »und genießen das Leben doppelt, während die Unbestimmten und Zaudernden kaum recht anfangen zu leben, am wenigsten aber irgend ein Wesen aus sich entwickeln, denn die Tat ist das Leben.«

Er hatte während seiner Erzählungen sein Bier ausgetrunken; er war weit länger sitzen geblieben als an anderen Abenden, und hatte es abgelehnt, daß man ihm noch etwas in sein Glas einschenke. Jetzt stand er auf, lüftete seine Haube und sagte: »Leben Sie wohl, genießen Sie der Ruhe, und gehen Sie morgen recht eifrig wieder an Ihre Geschäfte.«

»Ich wiederhole noch einmal meinen Dank für

die Zeit, welche Sie mir geschenkt haben«, sagte ich, »für die Mitteilungen, und wünsche Ihnen gute Nachhausekunft und eine glückliche Nacht.«

»Amen«, sagte er, und ging den Hügel hinunter, ich hörte noch seinen Wagen fortfahren, und stieg dann die Treppe zu meiner Kammer empor.

›Nun, das wär doch das Teufelmäßigste‹, sagte ich zu mir selber, ›wenn ich zu diesen tollen Roderern gehörte! Warum habe ich ihm denn nicht gesagt, daß ich Roderer heiße?‹

Ich ging in mein Bett und schlief mit all den Vettern und Muhmen ein, die mir vielleicht nach Roderers Erzählung zugehören konnten.

Was das Zerstreutsein der Roderer in der Welt anbelangt, so trifft dieses bei uns so gut ein, wie bei den Roderern des Herrn Peter Roderer. Mein Vater ist erst von Siebenbürgen nach Wien übergesiedelt; der eine Oheim wohnt in Mähren, der andere ist auch erst kurz in Wien, und der Großoheim hat die vielen Hasen alle in Schlesien geschossen. Ich selber bin noch gar kein Ansässiger, indem ich seit der Zeit meiner Großjährigkeit, oder eigentlich schon seit jener

Zeit, als ich die Landschaftsmalerei zu betreiben begonnen habe, am wenigsten bei meinen Eltern in Wien, am häufigsten aber an verschiedenen anderen Stellen gewesen bin, wie ich ja jetzt eben auf einem kargen, graugrünen Hügel sitze, der an dem Lüpfinger Moor steht, einen Apfelbaum und ein kleines Wirtshaus trägt, und auf den ein mittelgroßer, kurz weißhaariger und kurz weißbartiger Mann hinaufsteigt, und eine Geschichte von Roderern erzählt. Ich muß mich doch auch jetzt um meine Roderer erkundigen; ich habe diesen Zweig der Wissenschaften bisher schändlich vernachlässigt, um meine Roderer mit den Roderern des Herrn Peter Roderer vergleichen zu können.

Es war sehr merkwürdig, daß am andern Tage, als mir Roderer gesagt hatte, ich werde mein Malen aufgeben, die Arbeiter kamen, um mir ein Blockhaus auf dem Lüpfhügel zu bauen. Ich hatte nämlich dem Lüpfner Wirte ein Stück Grundes abgekauft, um in einem Blockhause nebst einem kleinen Schlafgemache ein sehr großes Zimmer zu errichten, daß ich in demselben mein großes Bild malen könnte, wozu mir ein Kämmerlein des Wirtes viel zu klein wäre. Ich wollte nämlich, so wie der Heldendichter Peter Roderer, die wirkliche Wirklichkeit darstellen, und dazu die wirkliche Wirklichkeit immer neben mir haben. Freilich sagt man, es sei ein großer Fehler, wenn man zu wirklich das Wirkliche darstelle: man werde da trocken, handwerksmäßig, und zerstöre allen dichterischen Duft der Arbeit. Freier Schwung, freies Ermessen, freier Flug des Künstlers müsse da sein, dann entstehe ein freies, leichtes, dichterisches Werk. Sonst sei alles vergeblich und am Ende – das sagen die, welche die Wirklichkeit nicht darstellen können. Ich aber sage: warum hat denn Gott das Wirkliche gar so wirklich und am wirklichsten in seinem Kunstwerke gemacht, und in demselben doch den höchsten Schwung erreicht, den ihr auch mit all euren Schwingen nicht recht schwingen könnt? In der Welt und in ihren Teilen ist die größte dichterische Fülle und die herzergreifendste Gewalt. Macht nur die Wirklichkeit so wirklich wie sie ist, und verändert nicht den Schwung, der ohnehin in ihr ist, und ihr werdet wunderbarere Werke hervorbringen, als ihr glaubt, und als ihr tut, wenn ihr Afterheiten malt und sagt: Jetzt ist Schwung darinnen.

In Wien ist eine Landschaft. Vorne geht über Lehmgrund ein klares Wasser, dann sind Bäume, ein Wäldchen, zwischen dessen Stämmen man wieder in freie Luft sieht. Der Himmel hat ein einfaches Wolkengebäude. Das ist mehrere hundert Millionen Male auf der Welt gewesen, und doch ist die Landschaft die gewaltigste und erschütterndste, die es geben kann. Ich werde mein Moor in meinem Blockhause malen. Die Arbeiter, die ich schon lange erwartete, sind gekommen, und die Arbeit hat begonnen. Ich habe einen Baumeister aus der Gegend genommen, der nach meiner Zeichnung baut, und habe ihm Auftrag zum Kaufe trocknen Bauholzes gegeben. Das Glashäuschen im Angesicht des Dachsteins habe ich nicht erbaut; aber ein Blockhaus im Angesichte des Lüpfinger Moores erbaue ich.

An dem Tage nach dem Gespräche mit Roderer malte ich freilich nicht; denn an diesem Tage wurde die Lage des Hauses abgesteckt und wurden die Erdarbeiten begonnen, wobei ich, namentlich bei der Absteckung, gegenwärtig sein wollte. Der Baumeister hatte mir versprochen, rüstig bei der Hand zu sein und viele Leute zu stellen, daß das Haus in wenigen Wochen fertig sein könnte. Wirklich kamen in den nächsten Tagen, während der Bauplatz geebnet und geordnet wurde, immerwährend Wägen mit den getrockneten und behauenen Stämmen, aus deren Übereinanderlage mein Blockhaus gebaut werden sollte, und es kamen Zimmerer, welche die Fügungsglieder in die Bäume arbeiteten. Auch die Bäume zu dem Gerüste waren aufgestellt worden, und nun hatte man mit der Gerüstung begonnen. Endlich konnte auch zur Fügung der Stämme geschritten werden. Ich verlor viele Zeit während dieser Arbeiten und während des fortschreitenden Baues; denn ich brach häufig meine Beschäftigung ab und ging auf den Bauplatz, um zu schauen oder drein zu reden. Der Herr Roderer erschien auch zuweilen, stand freundlich da, schaute zu, und war uns mit Rat und Anleitung behilflich. Bei einer solchen Gelegenheit erfuhr ich, auch, daß die behauenen Stämme von ihm gekauft worden waren, und daß ich in Bezug auf ihre Trockenheit und Dauer sehr gut versorgt sei, indem sie zu gehöriger Zeit, da ihr Saft zurückgetreten war, geschlagen und dann in mäßiger Luft übertrocknet und endlich erst behauen worden seien. Ich habe also, dachte ich, von dem Bauholze erhalten, von dem mir meine Wirtin erzählt hat, daß es dem Herrn Roderer übrig geblieben sei, weil jetzt niemand abbrenne.

Eine widerwärtige Sache begann für mich während der Zeit des Baues.

Hatten nun die Leute seit jenem närrischen Kirchweihfeste, an welchem sie die Wirtin zu mir eingeladen hatte, Lust bekommen, zu dem Lüpfwirtshause zu gehen, oder hatte sich das Gerücht von meinem Baue und dem Zwecke desselben ausgebreitet und die Neugierde erregt: genug, selten konnte ich jetzt mit Herrn Roderer allein an dem Baume sitzen, immer kamen Leute aus Lüpfing oder anders woher, und saßen bei uns. Auch die Trefflichkeit des Bieres, welche Herrn Roderer zum Heraufsteigen und zum Trinken eines Glases seit langem schon bewogen hatte, wurde jetzt neu entdeckt, der Ruf wurde verbreitet, und das Lüpfwirtshaus gesucht, was dem Wirte sehr genehm und der Wirtin sehr erfreulich war; denn er zeigte stets ein fröhliches Angesicht, sie lächelte immer, und redete zu gehöriger Zeit mit sich selber. Mich sprechen die Leute gerne an, wollen mich unterhalten, wollen meine Zwecke kennen lernen, auch an Versuchen, meine Bilder zu sehen zu bekommen, fehlte es nicht, die ich aber immer auf das entschiedenste zurückwies. Nur wenn schwere Wolken am Himmel hingen und ein Gewitter oder einen Sturm befürchten ließen, war ich zuweilen mit Roderer allein, und wenn dann die Wolken sich mehr verzogen und plötzlicher Wetterwechsel nicht zu befürchten war, blieb er wieder, wie öfter, länger bei mir sitzen, und wir redeten über verschiedene Dinge. Er hatte bedeutende Kenntnisse, und wir redeten oft vieles von der Kunst.

Als es einmal abends sehr sanft, aber sehr dicht und nachhaltig regnete, und kein einziger Mensch in dem Lüpfwirtshause als Gast anwesend war, als nur ich allein, und als ich in der Wirtsstube mein Abendessen verzehrt hatte und nach demselben ein wenig mit dem Wirte, der neben mir saß, sprach, kam auch die Wirtin herzu und fragte, ob sie Erlaubnis hätte zu reden, sie wolle mir seit langem her etwas sagen. Ich rückte ihr einen Stuhl hin und sagte, sie möge sich zu uns setzen und reden.

»Ach, diese Ehre!« sagte sie, »ich setze mich schon zu Euch, weil Ihr es erlaubt, und rede.«

Nachdem sie sich mit einigen verschämten Geberden auf den Stuhl gesetzt hatte, sagte sie: »Es wäre schon längst unsere Schuldigkeit gewesen, uns bei Euch zu bedanken; es ist aber nicht Gelegenheit gewesen, und ich habe meinem Manne gesagt, heute müsse es sein. Nicht nur, daß bei dem Baue alle Zimmerleute und Taglöhner und Handlanger ihre Kost bei uns verzehren und ein Stück Geld ins Haus bringen, seid Ihr ein berühmter Herr und habt in Eurer Aufführung ein gutes Benehmen, daß der hochgeborne Herr Roderer ungebührlich lang bei euch sitzt, der fast immer in seinem Wagen hin und her fährt oder auf seinen Füßen hin und her geht, und die Leute kommen aus Lüpfing, Euch zu sehen, so vornehm sie dort sind, sie mögen ein Kaufgewölbe haben oder die Brandschreiberei führen, sie sehen, daß unser Bier sehr gut ist, und wir müssen

Euch danken. Christian, wir müssen wohl danken.«

»Der Herr weiß es, daß wir dankbar sind, weil seinethalben Leute zu uns kommen«, sagte der Wirt. »Unsere Worte sind nicht so geschickt; aber er sieht wohl, daß wir es gut mit ihm meinen.«

»Ja, gut«, sagte die Wirtin, »freilich gut. Darum sage ich Euch, Ihr müßt unter die Leute gehen, Ihr müßt nach Lüpfing gehen, Ihr müßt zu dem hochgebornen Herrn Roderer gehen, dort ist es sehr schön, Ihr sehet Bilder und Gärten, und ein sehr schöner Graf wird die Susanna heiraten. Er ist der Graf von Sternberg, und die Mutter ist eine recht freundliche Frau, sie redet mit jedem Kinde. Es kann aber auch sein, daß der Baron Waldheim die Susanna heiratet, sie sagen, es sei noch nichts gewiß, oder der Baron Geller: sie gefällt auch noch andern, sie tun, als ob sie eine Königstochter wäre. Ich sage aber, daß sie den Grafen heiraten wird, weil ein Graf mehr ist als ein Baron, und er hat zwei sehr schöne Füchse vor einem dunkelbraunen Wagen, und ich habe sie schon in dem dunkelbraunen Wagen fahren gesehen, und zu andern Leuten müßt Ihr auch gehen, daß Ihr nicht so allein seid, man sieht auch keine Menschen, die Ihr malt, statt daß Ihr Bäume und Kräuter malt. Das habe ich Euch sagen wollen, und ich habe es Euch jetzt gesagt.«

»Und ich danke Euch recht schön, liebe Frau Wirtin«, antwortete ich, »wenn ich von Euch fortgehe, so gehe ich nach Wien. Das ist eine ungeheuer große Stadt, mehr als zweihundert Lüpfing hätten in ihr Platz, und mehr als fünfhundertmal mehr Menschen sind dort als in Lüpfing, und auch vornehme, die ein Kaufgewölbe haben, und die auch mehr als Brandschreiber sind. Mit vielen von ihnen gehe ich um, so lange ich in Wien bin. Wenn ich aber zu Euch herauskomme, so will ich keine Menschen, und gehe mit Eidechsen und Fliegen um.«

»Ja, das ist recht gut«, sagte die Wirtin, »aber wann kommt Ihr denn nach Wien? Da baut Ihr Euch ein neues, hölzernes Haus bei uns, und wer sich ein Haus baut, wird darin wohnen, und da werdet Ihr immer darin sein, und wenn Ihr auch bei uns esset und trinket, oder wenn Ihr Euch ein Dienstmädchen nehmt, das ich

Euch empfehlen würde, so sind das doch nicht Leute für Euch. In Lüpfing sind zwei Maler, welche die Zimmer und Kirchen recht schön malen; aber der eine hat ein Weib und hat Kinder, und beide gehen abends, wenn sie mit ihrem Werke fertig sind, in das Posthaus. Nun, Ihr sitzt bei uns jetzt auch abends, wenn es schön ist, mit mehreren Leuten bei dem Apfelbaum, aber Ihr redet ja nicht mit ihnen, nicht die Hälfte von dem, was der hochgeborne Herr nur redet. Wir könnten Euch einen vornehmen Verschlag bauen, wie ihn andere Gasthäuser haben, daß die Leute darin sitzen können, und Ihr könntet ihn recht schön ausmalen. Ihr malt keine Vögel und Heilige, da habe ich eine unerhört große Blahe, auf Hölzern ausgespannt, in Eurem Zimmer gesehen, die angestrichen ist und auf der Ihr malt, aber es sind schon wieder lauter Wolken darauf gemalt, und da werdet Ihr die Blahe in das neue Haus nehmen und werdet fort und fort malen, zu niemanden gehen, vielleicht nicht einmal zu uns herüber, und da müsset Ihr in Eurer Seele gemütskrank werden.«

»Nun, ich verspreche Euch, liebe Frau Wirtin«,

antwortete ich, »Frau Anna, wie Euch Euer Mann immer heißt, Frau Anna, ich verspreche Euch, nicht krank zu werden; ich werde überhaupt nicht leicht krank, und gehe ja viel herum und bin viel in freier Luft.«

»Ja, in freier Luft«, sagte sie, »unten an dem Sumpfe, wo die Leute krank werden, und da sitzt Ihr auf einem lächerlichen kleinen Stühlchen und malt und geht höchstens ein paar Hühnerschritte von einer Stelle zur andern.«

»Im Winter«, antwortete ich, »male ich an dem großen Bilde nicht, denn ich male auf dem großen Bilde Euer Land rings hier herum, und da muß es zum Malen Sommer sein, daß ich oft hinaussehen kann, damit ich es recht genau mache, und wenn ich im Winter nicht nach Wien gehe, so werde ich Stiefel von Juchtenleder anziehen und werde im Schnee nach Lüpfing gehen und mich dort vielleicht in das Posthaus verfügen und da essen und trinken. Und auch sonst will ich im Schnee zu allerlei Menschen gehen.«

»Ja, ja, zu Menschen«, sagte sie, »zu Menschen, sonst werdet Ihr noch krumm und dumm.«

»Nun ja, zu Menschen, ich will zu Menschen

gehen«, sagte ich, »Euer Wort ist gut gemeint, und ich danke Euch.«

»Ja, es ist gut gemeint«, erwiderte sie, »und der Christian meint auch so.«

Wir redeten dann noch eine Weile von dem vornehmen Verschlage, den die Wirtin für ihre Gäste bauen wollte. Ich riet ihr, den Apfelbaum zu lassen, der freue die Leute mehr als ein sogenannter Verschlag, der ihnen nichts Neues ist, und den sie überall treffen. Und sollte ihr Haus immer besuchter werden, und sollte durchaus ein Verschlag gebaut werden müssen, so würde ich ihr beistehen und würde selber einen Maler aus Wien bringen, der ihr den Verschlag weit besser ausmalen würde, als ich es könnte.

Sie knixte und dankte, als ich fortging, und freute sich, daß ich so viele Höflichkeit besitze.

Ich ging in mein Gemach empor, um mich zur Ruhe zu legen.

Mein Haus wurde wirklich in einigen Wochen fertig. Ich ließ die zwei Zimmer im Innern leicht täfeln, mit Lehm überziehen, anwerfen und mattgrau tünchen. Da alles sehr ausgetrocknet war, zog ich ein. Ich feierte gleichsam ein Fest und fühlte mich froh und leicht, als ich in dem hohen, weiten Zimmer mit den großen Fenstern war. Ich stellte jetzt meine Gerüste so, daß das rechte Licht in ruhigem Strome auf die Fläche fallen konnte, auf der ich malte. Ich änderte in Freudigkeit auch alle meine andern Dinge. Ich nahm eine Magd nicht, sondern ließ mir, was ich brauchte, von dem Lüpfwirtshause herüber bringen, und was aufzuräumen und zu ordnen war, besorgte die Frau Wirtin. Ich hatte die Einrichtung getroffen, daß sie mein Schlafgemach, ohne durch die große Stube gehen zu müssen, betreten konnte. Die große Stube hatte ich für den Fall meines Weggehens zum Absperren gerichtet. An Geräte hatte ich zwei lange Tische, ein Betttischchen, mehrere Stühle, eine Bank um den grünen Kachelofen und zwei große Schreine für meine Sachen und Kleider und ein Bettgestelle. Alles war aus weichem Holze gefertigt und grau wie die Wände angestrichen. Ich wollte nämlich nicht, daß irgend eine Farbe entschieden in der Wohnung herrsche. Ich führte Roderer in mein Haus, er lobte den Bau und die ganze Anordnung. Das erste, was ich in meinem Hause tat, war, daß ich mit Hilfe zweier Arbeiter, deren Geschicklichkeit ich in der Bauzeit kennen gelernt hatte, den Goldrahmen auspackte, zusammenstellte und auf dem großen Gerüste, welches dafür bestimmt war, das große Bild in ihn fügte. Es paßte vollkommen. Was mir immer geschah, wenn ich ein Bild zum ersten Male in einen Rahmen tat, nämlich, daß es mir größer, aber auch ansehnlicher erschien, geschah auch jetzt, und zwar in höherem Maße. Das Bild erschien mir wirklich als ganz ungewöhnlich groß, so daß, wenn ich es aus diesem Blockhause würde fortbringen wollen, ich den Rahmen zerlegen und das Bild würde rollen müssen, sonst müßte ich, wenn ich es in einer Kiste, gespannt und im Rahmen, fortbringen wollte, eine Wand des Hauses umlegen. Was bis jetzt gemalt war, erschien mir auch entsprechend. Ich wollte nun mit Eifer fortfahren. Den Rahmen legte ich nicht mehr auseinander, sondern hüllte ihn in Linnentücher und stellte ihn an die Wand zur Bereitschaft, wenn ich ihn wieder brauchen würde.

Ich malte nun fast immer an dem Bilde, denn was ich an Entwürfen dazu von außen her bedurfte, hatte ich mir schon größtenteils gemacht, nur selten mußte ich auf ein paar Stunden hinaus gehen und mir etwas aufnehmen. Öfter trat ich auf den Hügel vor meinem Hause, um einen Überblick über das Ganze zu machen. Die Teile sah ich aus meinen Fenstern, die nach der Richtung gingen, nach welcher das Bild gemalt wurde. Und so fuhr ich fort. Weil ich jetzt weniger in die Luft kam, so mußte ich Spaziergänge machen. Daß der Wirtin mein jetziges Tun gänzlich mißfiel, konnte ich deutlich sehen; sie sagte aber nichts mehr, nur erzählte sie mir öfter, was in Lüpfing, in Kiring, in Zanst und anderwärts geschähe, und welche Feste und Lustbarkeiten es da gäbe. Auch beschrieb sie schöne Gegenden, die da oder dort waren. Das Größte aber werde vorbereitet zur Feier des fünfhundertjährigen Bestehens von Lüpfing, da der erste Stein zur Kirche gelegt wurde, wie sie jetzt ist: vorher soll eine Stadt da gewesen sein, die aber untergegangen ist. Wer nach Lüpfing gehe, könne sich von den Vorrichtungen zum Feste, das am Bartholomäustage gefeiert werde, überzeugen.

Ich ging täglich eine Zeit herum.

Es war ein schöner Fußweg, links von meinem Hügel an gegen den Wald. Im Walde kam man auf einen trockenen, sandhaltigen Geleisweg, der von dem Fußwege in senkrechter Richtung rechts führte und in die Straße mündete, die auf der andern Seite des Moores gegen Lüpfing und Firnberg lief. Es war dies dieselbe Straße, auf der Roderer heim fuhr, wenn er an dem Apfelbaum gewesen war, und an der ich die Gesellschaft gesehen hatte, welche mir hinter meinem Rücken in meine Malerei hatte schauen wollen.

Auf dem Waldwege zu gehen, war sehr angenehm. Er war breit und glatt, nach dem stärksten und längsten Regen gleich wieder trocken, an seinen beiden Seiten standen festgereiht die dunkeln Fichten, Schatten und Wohlgeruch verbreitend. Ich will von dem Vogelgesange nicht reden, der aber doch auch in Betrachtung kömmt, da im Moore höchstens der Kiebitz schreit, und auf dem Lüpfhügel etwa der Schlag des Rotschwänzchens gehört wird. Selten begegnet man auf diesem Wege einem Menschen, da er hauptsächlich nur im Winter zum Holzführen gebraucht wird, weswegen man gar oft ein grünes Kräutlein oder eine schöne Blume auf ihm empor wachsen sieht. Ich hatte diesen Weg schon häufig beschritten und kannte den Wald um ihn sehr gut. Diesen Weg wählte ich daher nun größtenteils zu meinem täglichen Spaziergange. Ich ging von meinem Hause aus an der linken Seite des Moores hinunter, wo man bald den Wald erreicht, dann den langen Waldweg gegen rechts, und endlich am rechten Ufer des Moores zu meinem Hause zurück. Dazu brauchte ich, je nach meinem Ausschreiten, zwei oder zwei und eine halbe Stunde. Diese Zeit konnte ich opfern.

Eines Tages, als ich um elf Uhr auf dem geraden Waldwege fortschritt, kam eine weibliche Gestalt gegen mich. Es war Susanna. Ich schritt gegen sie dahin, sah sie an und erschrak; denn sie war wirklich eine Königstochter. Die Wangen waren lieblich und fein, die großen, glänzenden braunen Augen sahen mich an, der Mund war ernst, und ihr Gang war frei und einfach. Ich lüftete meine Haube zum Gruße, sie neigte ein wenig ihr Angesicht, und wir waren aneinander vorüber.

Auf der Straße draußen fand ich ihren Wagen

auf sie warten. Er war mit den Braunen bespannt, die sie entführt hatten, als sie damals hinter meiner Malerstelle gestanden war. Jener nankinggelbe Graf war also auch wahrscheinlich der Graf Sternberg gewesen.

Dem Herrn Roderer sagte ich abends nicht, daß ich heute seine Tochter gesehen habe. Er redete auch von keinem Begegnen.

Ich sah sie ein anderes Mal wieder auf diesem Wege, und dann wieder.

Ich ging jetzt gar keinen andern Weg mehr als diesen. Ich sah sie mehrere Male und endlich täglich.

Wenn nur das erste Licht sich in dem Himmel zeigte, stieg ich schon aus meinem Bett, und zürnte, daß jetzt die Tage kürzer würden und die Sonne später erschiene. Sobald es das Licht erlaubte, war ich schon an meiner Malerei, um Zeit zu gewinnen. An einem Fensterpfosten war mein Fernrohr angeschraubt, und sobald ich einen Wagen am rechten Ufer des Moores mittagwärts fahren sah, richtete ich das Rohr auf ihn, ob er die bekannten Braunen habe. Und hatte er sie, so warf ich Pinsel und Malerbrett weg, und eilte auf meinem linken Moorufer in den Wald, und begegnete ihr auf dem Waldwege. Unser Begegnen war immer gleich. Wir gingen in mäßigen Schritten gegen einander. Und als wir uns trafen, richtete ich meine Augen gegen ihre großen, feurigen Augen, die mich anblickten, grüßte sie ehrerbietig, sie neigte sich freundlich, und wir waren vorüber. Ich ging jetzt nie mehr auf der Straße, auf welcher ihr Wagen wartete, in mein Haus zurück, sondern erreichte auf einem Seitenpfade meinen Weg an meinem Moorufer, und gelangte auf diesem in mein Haus zurück.

Eines Tages dauerte es sehr lange, bis der Wagen mit den Braunen auf der Straße an dem rechten Moorufer mittagwärts fuhr. Um zwei Stunden kam er später. Ich legte meine Geräte bei Seite und ging in den Wald. Wir begegneten uns. Ich glaubte bei dem Begegnen zu bemerken, daß sie errötete.

Am andern Tage kam der Wagen um eine und eine halbe Stunde zu früh. Ich raffte mich auf, ging in den Wald, und wir begegneten uns, und ich glaubte wieder das Rot auf ihren Wangen zu sehen.

Von nun an kam der Wagen ganz regelmäßig

um elf Uhr. Wir begegneten uns, grüßten uns, und ihre Augen wurden immer schöner und glänzender.

Kein Mal, nicht ein einziges Mal tat Roderer seiner Tochter Erwähnung. Ich tat es auch nicht.

So kam der Bartholomäustag. In Lüpfing war am Vormittage feierlicher Gottesdienst, und der Wagen mit den Braunen fuhr nicht an dem rechten Gestade des Moores mittagwärts. Es war bereits drei Uhr geworden. Der Tag war mir unausstehlich. Ich machte mich auf und ging gegen Lüpfing hinaus. Es war ein langes Gehölze morgenwärts von Lüpfing, von dessen Rande man das Tal, die Wiesen, Felder und Gärten, in denen Lüpfing lag, übersehen konnte. Auch das Schloß Firnberg sah man von da aus. Ich richtete meinen Weg so ein, daß ich durch dieses Gehölz an seinen Rand und von da nach Lüpfing käme. Als ich an den Rand des Gehölzes heraus gelangte, sah ich ein seltsames Bild vor mir. Auf dem Wiesenanger, der, sanft, abwärts gehend, an das Gehölze stieß, und teilweise auch auf den abgeernteten Feldern waren Buden aufgeschlagen, waren Tische mit schmausenden Menschen, waren Kegelbahnen, Scheibenschießen, Schaukeln, Musikbühnen, Tanzplätze, und ich weiß nicht, was sonst noch, von Stangen mit wallenden Fahnen überragt, und durchwimmelt von bunten Menschen aus Lüpfing, Kiring, Firnberg, Zanst und den weiteren und näheren Umgebungen. Ich blieb stehen und schaute über das Ding hin. Dann nahm ich mein Zeichnungsbuch heraus und beschloß einen Abriß dieser Sache zu machen. Zwischen dem Gehölze und dem Anger war eine Steinmauer aus losen Steinen, an der auf der Seite des Angers ein Weg dahin ging. Ich suchte auf meiner, nämlich der Waldseite der Mauer, eine gute Stelle zu gewinnen, an der ich, nicht gesehen, mein Buch auf die Mauer stützen und zeichnen konnte. Ich hatte die Stelle bald gefunden. Ein trockner Rasen, von Haselnußgesträuchen überschattet, ging gegen die Mauer, die hier niederer war, so daß ich, mit dem Körper unter dem Haselnußgesträuche liegend, das Zeichnungsbuch auf eine Emporragung stützen und mit meinem Haupte durch eine Scharte der Mauer hinaussehen konnte. Ich begann nun zu zeichnen; aber noch hatte ich nicht den zehnten Teil des Bildes vor mir flüchtig hingeworfen, als ich auf dem Wege jenseits der Mauer eine Gesellschaft längs der Mauer gegen mich heran kommen sah. Roderer ging mit einer alten Frau an dem Arme auf dem Wege daher; die Frau hatte milde, schöne, sanfte Züge mit sehr großen braunen Augen. Es mußte Mathilde, Susannas Mutter, sein. Dann kam Susanna und zwei Mädchen, dann der Graf und jener Mann mit den schwarzen Haaren, der an meiner Malerstelle bei Susanna gewesen war, und dann noch einige junge Männer. Da sie genau an der Stelle vor mir angekommen waren, sagte Roderer: »Hier kann man das Treiben gut übersehen, und ein Maler könnte kaum einen bessern Platz wählen, wenn er es malen wollte. So etwas sieht man am lebendigsten in Holland.« »Und hier ist für unsere Königin auch ein steinerner Thron, wie die alten heidnischen Völker steinerne Königssitze im Freien gehabt hatten«, sagte der blonde Graf, indem er Susanna an eine glatte Steinstelle, die auf der Mauer war, führte, auf die sie sich niedersetzte.

»Und die Mutter der Königin muß wohl als Va-

sallin an ihrer linken Seite und tiefer sitzen«, sagte Roderer, indem er Mathilde zu einem tieferen Steine an der Seite Susannas führte, auf den sie sich nieder ließ.
Sie sagte: »Das Alte sucht auch niedere Stellen, weil es sich auf hohe nicht mehr schwingen mag.«
»Und die Vasallen sitzen noch tiefer als die Vasallinnen«, sagte Roderer, indem er sich tiefer als seine Gemahlin, wahrscheinlich auf einen Stein setzte.
»Und die Ritter müssen zu den Füßen der Königin sein«, sagte der Graf, indem er sich auf das Gras nieder warf. Die andern Männer taten desgleichen. Die Mädchen setzten sich auch auf tiefere Stellen, aber an der Mauer.
Mathilde war gerade vor meinem Haupte; ich konnte aber von ihr nur Nacken und Hinterhaupt sehen. Von Roderer und den Männern sah ich gar nichts, von den Mädchen nur die Hinterteile ihrer Hütchen. Susanna saß etwas rechts von meinem Kopfe, aber halb gegen mich und ihre Mutter gewendet. Weil sie auf der Steinmauer saß, sah ich ihren ganzen Rükken.

Ich war in einer sehr unangenehmen Lage. Soll ich in mein Gebüsch zurückkriechen? Dann mache ich vielleicht ein Geräusch und richte alle Angesichter gegen mich. Die Musik, obwohl man sie nur gedämpft bis hieher hörte, schwieg jetzt auch überall. Soll ich aufstehen und die Gesellschaft grüßen? Das ganz und gar nicht. Die Tanzmusik und dann die schmetternde Musik an dem Schießstande muß beginnen, und dann ziehe ich mich zurück. Bisher hatte mich niemand gesehen, denn die Blicke waren stets auf das Volksfest vor mir gerichtet gewesen.

Die Musik begann aber nicht, dafür hörte ich die Worte der lauten Stimme des Grafen: »Weil Sie schon, hochverehrter Herr, sagten, daß der Anblick vor uns gemalt werden könnte, wie in Holland solche Dinge lebendig sind, und wie Holländer sie von jeher sehr zierlich zu malen verstanden haben, so hätte man ja den Maler aus der Lüpfschenke holen lassen sollen, damit er die Sache flüchtig mit Farben entwerfe, und dann später das Bild ausführe.«

»Der geht nicht zu euch Leichtsinnköpfen heraus«, sagte Roderer.

»Versteht sich«, erwiderte der Graf, »der Kauz hat sich in ein Uhunest gesetzt.«

»Er wendet seine Kraft an sein Unternehmen«, sagte Roderer.

»Da hat er ein Blockhaus gebaut, um das Moor zu belagern«, entgegnete der Graf.

»Wer weiß, ob er die Kräfte besäße, so ein buntbewegtes Leben zu malen, wie wir es hier sehen«, sagte der Mann mit den schwarzen Haaren.

»Ob er es kann oder nicht, weiß ich nicht«, erwiderte der Graf, »aber der größte Narr ist es, den ich je gesehen habe: der Kiebitz auf der Lüpf, der Blockhausfrosch am Rohrdommelmoor! Das spricht auch wenig für seine Kunst. Jedoch ein Stümper und ein Narr ist jeder auf seine eigene Gefahr, und wir können nichts dawider haben. Wenn es aber wahr ist, was ich hörte, daß er seine Augen auf die schöne Susanna richtet, dann muß der Tropf gezüchtigt werden.«

Ich weiß nicht, hatte Susanna mich schon früher einmal gesehen oder nicht: bei diesen Worten aber warf sie einen Blick auf mich; es war nur ein einziger, kurzer Blick, sie mußte gleich wieder wegsehen, um nichts zu verraten: aber es war ein namenlos wunderbarer Blick. Ich sah in wahnsinnigem Zorne und in wahnsinniger Liebe gegen ihre Augen. Ihre liebe Hand tastete jenseits der Mauer hinab, und als sie mein Haupt erreichte, von dem ich die Bedekkung bei dem Beginn des Zeichnens in das Gras gelegt hatte, hielt sie die Hand auf meinen Scheitel und drückte mich sanft nieder.

Ich atmete nicht in diesem Augenblicke.

Dann stand sie auf und sagte: »Wir müssen doch das Bild auch von einer andern Seite betrachten.«

Und sie tat einen Schritt vorwärts, und zögerte dann, um zu sehen, ob man ihr nachfolge. Da sie Anstalten gesehen haben mußte, daß man sich erheben wolle, ging sie wieder einige Schritte weiter, das Angesicht immer gegen die Menschenmenge gerichtet. Roderer erhob sich, nahm seine Gattin an dem Arme und ging mit ihr längs der Steinmauer weiter. Die Mädchen waren aufgestanden, die Männer waren aufgesprungen, und alle jungen Leute folgten Susanna.

Ich drückte mich jetzt in mein Haselgebüsch

zurück, steckte mein Zeichnungsbuch in die Tasche, nahm meine Haube, erhob mich hinter dem Gebüsche von dem Boden, ging das Gehölze zurück, und aus demselben auf dem Wege, den ich gekommen, in mein Blockhaus zurück.

Ich schlief in der kommenden Nacht keinen Augenblick und malte des andern Morgens nicht.

Als ich den Wagen mit den Braunen an dem rechten Ufer des Moores mittagwärts fahren sah, flog ich mit klopfendem Herzen auf meinen Pfad. Auf dem Waldwege sah ich Susanna daherwandeln. Mit stürmender Brust ging ich gegen sie. Als sie nahe war, und als ich sie sah, und als ich sah, daß sie heute blasser sei, rief ich: »Susanna, Susanna!«

Sie sah mich liebend an und reichte mir beide Hände hin.

Ich ergriff die Hände, riß das Mädchen gegen mich, und schloß es an meine Brust. Unsere Arme umschlangen sich, und ihr heißer Mund glühte auf dem meinen.

Der Mund, der immer stolz gewesen war, hatte mich geküßt.

Und als sich die Arme gelöst hatten, und als ich

sie wieder ansah, sah ich, daß sie das schönste Geschöpf ist, welches die Erde getragen, und welches Gott je erschaffen hat.

Ich legte wieder meinen Arm um ihre Schulter, nahm sie bei der Hand und sagte: »Susanna! auf ewig –«

»Auf ewig«, antwortete sie.

»Du geliebtes, du teueres Wesen«, sagte ich.

»Du lieber, du einziger Mann«, antwortete sie, »der sein All auf einen Gedanken setzt, gegen sie, die kein All haben, und keinen Gedanken, es an ihn zu setzen–!«

»Du bist meinetwegen den Waldweg gegangen, Susanna?« fragte ich.

»Ich bin deinetwegen gegangen«, erwiderte sie. »Und du?«

»Ich bin nur gekommen, dich zu sehen«, sagte ich.

»Ich wußte es«, entgegnete sie, »aber sage, wie heiß ich dich denn?«

»Heiße mich Friederich«, sagte ich.

»Höre, Friederich«, sagte sie, »du mußt deine Gewalt, die ich an dir sehe, auf irgend etwas Großes wenden, und es erreichen, dann lieb ich dich grenzenlos.«

»Und ich liebe dich grenzenlos, weil du bist, wie du bist«, sagte ich, »und ich werde tun, was ich kann, oder untergehen.«

»Ich weiß es, ich weiß es«, sagte sie.

»Welch ein Glück, das wir so schnell gefunden«, sagte ich.

»Ein Glück vom Himmel«, antwortete sie.

Sie schwieg ein Weilchen, dann sagte sie: »Du hast gestern meine erste Bitte erfüllt, Friedrich, erfülle heute meine zweite.«

»So sprich«, sagte ich.

»Du wirst den erbärmlichen Grafen zur Verantwortung ziehen?« fragte sie.

»Ja«, sagte ich.

»Tue es nicht«, antwortete sie, »er hat nichts Schlechtes, nur Unverstand von dir gesagt, und es war kein Zeuge. Du kämest mir beschimpft vor, wenn du mit ihm strittest.«

»Und wenn er Streit mit mir beginnt?« fragte ich.

»Das wird er nicht«, antwortete sie. »Als wir allein waren, sagte ich zu ihm, wenn je ein Mann dadurch, daß er die Augen auf mich richtet, meinen Unwillen erregt, so soll er mein Kämpfer gegen diesen Mann sein: wenn ich aber eines Mannes Augen auf mich richten lasse, diesen Mann müsse er aufs höchste ehren.«

»Nun?« fragte ich.

»Er ging es ein«, antwortete sie, »wie er immer huldigt.«

»Sie sagten ja, er sei dein Bräutigam?« fragte ich.

»Er versichert mich«, antwortete sie, »daß ich die Schönste auf der Welt bin, daß ich eine Göttin bin, daß ich eine Königin bin, und daß ich ihn zum glücklichsten Menschen machen könnte, wenn ich mein Los mit ihm teilte. Ich habe ihm geantwortet, daß ich nicht die Gefühle hege, sein Weib zu werden, und daß ich es nie werden könne. Er hat eine schöne Farbe seines Angesichtes, schöne Augen und einen schönen Bart, hat schöne Pferde, mit denen er hin und her fährt, und die er selber erzieht und hat mehrere Güter. Sonst ist er gutmütig. Er hat seine Anträge stets scherzend gehalten, und ich habe meine Ablehnung scherzend gemacht. Wenn er sieht, daß du mein Bräutigam bist – denn ich will meine Liebe nicht geheim halten, sage sie dem Vater, sage sie der Mutter, sage sie, wem du willst –, und wenn er sieht, daß du mein Bräutigam bist, so wird er sich fügen, und irgend einmal eine andere heim führen.«

»Wenn er aber doch gegen mich auftritt?« fragte ich.

»So handle nach deinem Ermessen«, sagte sie.

»So sei es«, antwortete ich, »möge der erste Tag unseres Bundes Friede sein.«

Ich reichte ihr die Hand, und sie empfing dieselbe.

Dann nahm ich sie an dem Arme und führte sie den Weg zurück, den sie hergekommen war. Wir gingen nun langsam Arm in Arm den Weg in sanftem Gespräche, den wir so oft schweigend gegen einander und an einander vorüber gewandelt waren. Ich führte sie zu ihrem Wagen. Dort reichten wir uns die Hand zum Abschiede, ich half ihr in den Wagen, ihr Kutscher fuhr sie die Straße an dem rechten Ufer des Moores mitternachtwärts, ich ging den langen Weg durch den Wald und dann den Pfad an dem linken Moorufer in mein Blockhaus.

Mit wallendem Herzen ging ich in mein Zimmer. Dort schaute mich ruhig von seinem Gerüste mein großes Bild an.

Nachmittags malte ich nicht mehr.

Als ich abends mit Roderer an dem Apfelbaume saß, sagte ich zu ihm: »Ich bitte Sie für den morgigen Tag um eine Unterredung, die mir sehr wichtig ist: mögen Sie mir dieselbe gestatten, wenn es Ihnen Ihre Zeit erlaubt.«

»Meine Zeit erlaubt es immer«, sagte er, »und ich bitte Sie, wählen Sie die Stunde selber.«

»Wenn ich die Stunde selber wählen darf«, sagte ich, »so wähle ich, daß nicht viel Zeit vor der Eröffnung verfließe, die neunte Stunde morgens.«

»Es wird ein Wagen nach acht Uhr bei dem Willigitter unter diesem Hügel auf Sie warten, um Sie in mein Haus Firnberg zu bringen«, sagte er.

»Ich nehme es dankbar an«, entgegnete ich.

Am nächsten Morgen kleidete ich mich, wie man sich in Wien kleidet, wenn man einen Vormittagsbesuch macht. Die Wirtin richtete große Augen auf mich, als sie mich in diesen Kleidern ohne Malergeräte den Hügel hinab gehen sah.

Der Wagen wartete an dem Willigitter, er hatte Roderers Pferde, die täglich abends dort warteten, ich stieg ein, und nach einer Fahrt von kaum einer halben Stunde war ich in dem

Schlosse Firnberg. Man führte mich in Roderers Empfangstube. Es war dies ein sehr anständiges, eingerichtetes Gemach, das durch einfache Schönheit mild umfing. Roderer war zum Empfange eines Besuchers gekleidet. Er saß auf einem Rohrstuhle an einem Schreibtische. Als ich eingetreten war, stand er auf, ging mir entgegen, reichte mir die Hand, führte mich zu einem Sitze an dem großen Tische, der in der Stube stand, setzte sich an meine Linke, und fragte, ob er mir in etwas dienlich sein könne. Ich war ein wenig bewegt, und sagte die Worte: »Hochverehrter Herr Roderer! Ich bin nicht gekommen, einen Dienst von Ihnen zu verlangen; sondern es ist etwas geschehen, was jemanden Ihrer Angehörigen betrifft, und ich halte es für meine Pflicht, Ihnen die Sache zu enthüllen. Ihre Tochter Susanna und ich haben eine Neigung zu einander gefaßt und sie lange schweigend gehegt. So lange nicht eines zu dem andern ein Wort gesprochen hatte, hielt ich mich nicht für verbunden, mit Ihnen davon zu reden, weil Gedanken nach außen nichts bewegen; aber gestern haben wir gesprochen, und haben gesagt, daß es unser beider Wunsch wäre, uns auf ewig anzugehören, und jetzt bin ich gekommen, es Ihnen zu sagen, damit Sie handeln, wie Sie es für Ihre Pflicht halten. Ich heiße Friedrich Roderer, gerade Roderer wie Sie, und bin jetzt sechsundzwanzig Jahre alt. Mein Vater lebt in Wien, und hat Liegenschaften in Niederösterreich und Ungarn. Meine Mutter lebt auch noch. Ich habe eine Schwester, eine Großmutter und zwei Oheime, Brüder des Vaters. Ob wir mit Ihnen und Ihren Roderern verwandt sind, weiß ich nicht, ich habe mich nie gekümmert, ob noch entfernte Verwandte von uns in der Welt sind. Ich selber besitze ein Vermögen, daß eine Gattin und zahlreiche Nachkommenschaft versorgt werden kann, wie wohlhabende Leute die Ihrigen zu versorgen pflegen. Ich verschwende nichts, Sie selber haben mein einfaches Leben gesehen, und so ist es immer, und so ist meine Habe gewachsen. Ich habe bis jetzt eine ehrlose Handlung nicht begangen, und bin meines Willens gewiß, sie auch in Zukunft nicht zu begehen. Meine Fehler suche ich zu verbessern, wenn sie mir bekannt werden. Was davon noch da ist, mögen meine Freunde aus Liebe ertragen und bessern. Irgend ein Mädchen habe ich bisher noch nicht beachtet, weil ich nur ein einziges, alles andere verdunkelndes Bestreben hatte, die Kunst. Ich habe geglaubt, daß ich nie eine eheliche Verbindung eingehen werde. Susanna liebe ich, wie ich nie irgend ein Wesen auf der Welt geliebt habe. Wie und warum weiß ich nicht. Ich habe sie sehr oft stumm angeblickt, sie mich auch, und wir liebten uns, und haben es plötzlich gesagt. Über meine äußeren Verhältnisse kann ich Ihnen die Beweise vorlegen, wenn sie angekommen sein werden, über mein Wesen nur meine Worte. Susanna werde ich ewig lieben, und ich glaube von ihr, sie mich auch. Was sonst sein wird, weiß ich nicht. Jetzt habe ich Ihnen alles gesagt.«

Er schwieg ein Weilchen, dann sprach er: »Sie haben in dieser Sache ehrenhaft gehandelt, und ich glaube fest, daß Sie einer unehrenhaften Handlung nicht fähig sind. Ich habe gewußt, daß meine Tochter in dem Lüpfwalde spazieren geht, ich habe gewußt, daß Sie dieselben Wege gehen. Meine Tochter hat unser Vertrauen, und Ihnen schenkte ich es auch. Hätten Sie nicht gesprochen, so hätte Susanna gesprochen, und dann hätte es mir um Sie leid getan. Ich ahnte, was geschehen würde, und Mathilde und ich sprachen keine Mißbilligung aus. Um das Vermögen des Gatten Susannas fragen wir nicht, nur um seine Person. Ich kenne Sie nur einige Monate und achte Sie mehr, als Sie vielleicht wissen. Ob aber sonst Ihr Wesen zu dem Susannas passe oder Susanna zu Ihrem, kann jetzt niemand wissen. Schließen Sie sich an uns an, und wenn die Zeit, die nötig ist, daß sich die Zusammenstimmung kläre oder die Mißstimmung eröffne, um ist, dann geschehe, was eben diese Zeit gereift. Ist Ihnen diese Antwort entsprechend?«

»So herrlich, wie ich sie von Ihnen gedacht, den ich verehren gelernt habe«, sagte ich, »Sie müssen es gesehen haben.«

»Ich hab es«, antwortete er, »und ich bin auch nicht, mein lieber junger Freund, immer nur des Glases Bier wegen auf den Lüpfhügel gestiegen. Sie haben mir allein Ihre Bilder gezeigt, ich habe Ihnen Rorderergeschichten erzählt, in denen Närrisches genug vorkömmt, Sie haben sich nicht an uns gedrängt, und ich habe Sie nicht nach Ihrem Namen gefragt. Aber sagen

Sie, warum haben Sie mir denn nicht eröffnet, daß Sie Roderer heißen?«

»Recht genau weiß ich es nicht«, antwortete ich, »aber nach meinem Vermuten war es anfangs Schüchternheit, und dann, als ich die Roderergeschichten kennen gelernt hatte, mochte es die Scheu gewesen sein, vorzeitig in Verwandtschaftsforschungen hinein gezogen zu werden, was mir Herz und Stimmung für meine jetzige Arbeit gedrückt hätte. Für den Winter aber dachte ich mir, da ich an dem Lüpfbilde nicht arbeiten würde, könnte ich Ihnen die Sache sagen, wir könnten forschen, und Sie vielleicht einen anderen Roderer sehen.«

Er lächelte und sagte: »So stammen Sie schon von dem nämlichen Friederich Roderer her, der sich den langen Bart hat wachsen lassen, und dann ist jener Sohn nicht von den Wölfen gefressen worden. Ich werde mich mit Ihrem Vater und seinen Brüdern in Verbindung setzen und die Sache heraus bringen. Ob Sie ein anderer aus den Roderern sind, muß sich erst zeigen, wenn das Siegel auf die Handfeste gedrückt ist. Das ist merkwürdig. Gehen wir zu meinem Frauenvolke, das uns erwartet.«

Er stand auf, und führte mich durch mehrere Zimmer, in denen ich selbst in der Flüchtigkeit schöne Bilder sah, in das Wohnzimmer seiner Gemahlin. Es waren eigentlich zwei. In dem ersten, größeren saß sie, und Susanna stand neben ihr. Sie schienen nicht gerade beschäftiget zu sein, und mochten uns eben erwartet haben. Daß die Zimmer würdig waren, sah ich, forschte aber nicht weiter. Mathilde stand auf, da wir kamen, ich grüßte sie ehrerbietig, sie dankte freundlich. Gegen Susanna neigte ich mich, sie sich auch gegen mich, und unsere Augen mochten für einen Augenblick gleichsam ihre Lichter getauscht haben.

»Da bringe ich dir nun meinen jungen Freund aus der Lüpf, Mathilde«, sagte Roderer, »setzet euch nur alle um den großen Tisch, ich muß euch wichtige Geschichten erzählen.«

Er drängte uns gegen den Tisch, wies uns die Plätze an, und da wir uns gesetzt hatten, sagte er: »Ich komme letzterer Zeit gar nicht aus den Roderer-Begebenheiten heraus, und bringe wieder eine. Ich habe schon große Angst gehabt, daß meine Tochter Susanna aus der Art der Roderer schlage, so ruhig, so vernünftig, so bescheiden, so einfach regelmäßig und so fast ohne Fehler war ihre Lebensweise. Ich schüttelte fast den Kopf. Aber jetzt ist es anders. Statt aus den Söhnen des Landes, die das ihrige bei einander haben, die leben, wie junge Leute leben, die achtbare Verwandte haben, die sich gut kleiden und schmucke Geberden zeigen, einen Bräutigam zu wählen, erlieset sie sich einen Geliebten, den niemand kennt, dessen Namen sie gar nicht weiß, der nur einen runden Hut und graue Leinwandkleider trägt, der gar nicht so außer ordentlich schön ist, als daß er braune Haare und braune Augen hat, den unsere Umwohner hier zu den reisenden Schauspielern zählen, der ein Narr ist und sich auf dem Lüpfhügel ein Blockhaus baut, um den Sumpf zu malen, der keinen Menschen ein Bild zeigt, der sich um niemand kümmert und mit niemanden umgeht, und der zuletzt und endlich auch noch ein Roderer ist. Staunt nur, ein Roderer ist es, der bewirkt hat, daß meine Tochter zeigt, daß sie nicht aus dem Stamme der Roderer hinausgeschlagen worden ist.«

»Aber Vater«, sagte Susanna hierauf, »du hast selber von dem Manne auf dem Lüpfhügel erzählt und bist zu ihm hinausgegangen, und da ist es ja natürlich, daß ich ihn angeschaut habe, als er mir begegnete.«

»Angeschaut«, entgegnete Roderer, »und dann?«

»Du wirst schon sehen, Vater, daß er recht ist«, sagte sie, »wenn du der anderen gedenkst, wie sie sind.«

»Ja, der Rechte ist immer der Rechte«, sagte Roderer, »und du hast dich mit der Mutter verschworen, daß ich sagen soll, liebt euch ewig; denn, nicht wahr, ewig, habt ihr gesagt, werdet ihr euch lieben? Nun, es wird schon recht sein.«

»Mein Gatte hat mir von Ihnen erzählt«, sagte Mathilde, »gestern haben wir wieder von Ihnen gesprochen. Der Wille meines Gatten ist in allen Dingen immer der meinige gewesen, und ist es auch in diesen. Sie haben ihn und er hat Sie diesen Sommer kennen gelernt, wenn Sie nun auch uns ein wenig näher wollen kennen lernen, so wird es recht gut sein.«

»Ich bin für diese Güte sehr dankbar«, antwortete ich, »was ich bereits kenne, hat mir Verehrung eingeflößt, und ich glaube die Hoffnung aussprechen zu können, daß mein Benehmen

Sie Ihre Freundlichkeit nicht wird bereuen lassen.«

»Gewiß nicht, gewiß nicht«, sagte sie, »sonst hätte Sie Roderer nicht hieher geführt. Und wenn Sie Susannas Herz beglücken und Susanna Ihr Herz beglückt, so werde ich meinen Segen dem Tage geben, der Sie in dies Haus geführt.«

»Möge dieser Segen bald erscheinen«, sagte ich, »und der Segen Gottes bald umschweben, was wir wünschen, wenn wir es verdienen. Ich bitte Sie in diesem Augenblicke, hochverehrte Frau, um die Erlaubnis, zum ersten Male Ihre mütterliche Hand küssen zu dürfen.«

Sie reichte mir ihre weiße, feine und milde Hand, ließ sich aber dieselbe nicht küssen, sondern drückte die meine freundlich, und sah mich mit den großen braunen Augen an, von denen mir Roderer erzählt hatte, daß sie ihn beglückten, und in denen ich Susannas Augen erkannte, die mich beglücken werden.

»Wenn Sie Roderer heißen«, sagte sie, »so ist es gut, die Roderer sind fast immer gut, und Susanna ist sehr gut.«

»Das wußte ich, als ich ihre Augen gesehen

hatte«, sagte ich, »und ich werde ewig gut und mild mit ihr sein.«

»Amen«, sagte sie.

Wir sprachen nun von gleichgültigeren Dingen. Susanna setzte sich zu mir, und legte ihre Hand auf die meine. Ich glaubte dann, daß dieser erste feierliche Besuch abzubrechen sei, und erhob mich. Ich verabschiedete mich von Mathilde, von Roderer und Susanna. Roderer geleitete mich zu dem Wagen, der mich wieder an den Lüpfhügel zurückbrachte.

Nun begann ein eigenes Leben. Des frühen Morgens schon malte ich, und malte den größten Teil des Tages mit einem Eifer und mit einem Feuer, die ich früher gar nicht gekannt hatte, alles gelang besser, und oft, oft war es mir schon deutlich, als müsse ich es erfassen können, daß der unnachahmliche Duft und die unerreichbar Farbe der Natur auf meine Leinwand käme. Die Waldspaziergänge waren eingestellt. Wenn es aber Nachmittag wurde, dann legte ich alles weg, kleidete mich um, und ging zu Roderer. Und wenn ich nicht dorthin ging, so ging ich weit und breit spazieren, selbst in Ortschaften hinaus, und saß abends mit

ihm am Apfelbaume oder in der Stube des Wirtes.
Die Wirtin sagte zu mir: »Es ist doch gut, daß Ihr mir gefolgt habt. Wäret Ihr auch zu dem Jubelfest nach Lüpfing gegangen, so hättet Ihr Euch sehr erheitert. Es war prachtvoll auf den Wiesen und Stoppelfeldern an dem Wührholze. Der hochgeborne Herr Roderer und seine hochgeborne Frau Gemahlin und Susanna und ihr Bräutigam und andere vornehme junge Leute und Fräulein waren zugegen und ergötzten sich sehr. Ich habe es Euch ja gesagt, daß es Euch in dem Schlosse Firnberg sehr gefallen wird. Jetzt geht Ihr hin. Geht nur auch öfter hinaus, und geht nur auch recht unter die Leute. Ihr seid schon jünger und viel schöner seit der Zeit geworden, und Eure Augen sind ganz lustig. Und wenn Susanna Hochzeit macht, müßt Ihr zugegen sein, müßt fröhlich sein und einen Segen trinken, wenn Euch dann auch der Herr Roderer zu Hause fahren lassen müßte. Einmal ist keinmal. Folgt mir in Zukunft nun in allen Dingen recht ordentlich.«
Ich sagte, daß ich sehr bestrebt sein werde, es zu tun.

Ich kam bei Roderer mit dem Grafen Sternberg und mit anderen jungen Männern zusammen. Was Susanna vorausgesagt hatte, traf ein. Ich behandelte sie, wie in großen Städten sich die besseren Stände behandeln, und sie zeigten mir Ehrerbietung.
Roderer hatte nicht viele, aber außerordentliche Gemälde. Von den besten Niederländern und Italienern war etwas da. Deutsches war noch weniger: alles war von der alten Schule. Ich brachte viel Zeit im Anschauen dieser Dinge zu. In seiner Büchersammlung war das Beste fast aller Sprachen, besonders Dichter. Die Heldendichter waren alle vorhanden. Und so wurde viel und sehr gut vorgelesen. Sein Forstwart las ausgezeichnet; am besten aber immer Herr Roderer selbst. Es dürften da noch Erinnerungen aus seinen Jugendbestrebungen hereingespielt haben. Sehr oft gingen wir in den Liegenschaften und Anstalten herum und betrachteten, was eben geschah. Auch mich besuchten sie zuweilen, und ich zeigte Mathilden und Susannen meine Malereien bereitwillig. Anderen Menschen aber nie. Die Zeit unseres Zusammenseins schien zu entsprechen. Immer

schöner wurde Susanna, sie schaute mich immer freundlicher an, und ich liebte sie immer mehr.

So war endlich der Winter gekommen, nachdem uns ein ungewöhnlich langer und schöner Herbst beglückt hatte. Erst acht Tage vor der heiligen Weihnacht fiel der erste Schnee. Er stellte mir das Malen ein. Das große Bild war bis auf die letzten Feilen fertig. Eine unsägliche Zeit und Glut hatte ich in dieses Bild hinein gemalt.

Als harter Schnee auf den Fluren lag, und Schlittenbahn war, verabschiedete ich mich, um nach Wien zu gehen und meinen Eltern genaueren Bericht über meine Erlebnisse abzustatten, als ich es durch Briefe hatte tun können.

Roderer kam auch nach Wien und besuchte meinen Vater. Da kam es nun zu Tage, daß wir leibhaftig zu Roderers Roderern gehörten. Das wußte mein Vater sehr gut, daß er von einem Roderer herstamme, der Friederich geheißen habe und Obrist gewesen ist. Er soll auf einem Schlosse gehaust haben und sehr reich gewesen sein. Er soll vier Brüder gehabt haben, die alle vier aus Geiz nicht geheiratet hätten, und mit denen er im Unfrieden gelebt habe. Das sind nun genau die vier Roderer Peter Buben. Das ist ganz klar, und der reiche Obrist ist der räudige Friedrich, der fünfte Roderer Peter Bub. Mein Vater wußte ferner, daß ein Sohn dieses Obersten, namens Friedrich, der einen Bruder in dem deutschen Orden hatte, und der Großvater meines Vaters gewesen war, einer schönen Jüdin zu Lieb nach Rußland gegangen war. Die Jüdin aber ist ein nichtsnutziges Ding gewesen, und Friederich hat später die Tochter eines gemeinen Russen, der ihn von Wölfen gerettet und gepflegt hatte, geheiratet. Da ist nun etwas unklar. Entweder mußte er flüchten, oder hat das Mädchen entführt, weil sie eine Leibeigene war. Kurz, mein Vater konnte nichts heraus erfahren, weil sein Vater selber nichts Genaues wußte. Verfolgungen, Elend und dergleichen habe es gegeben. Aber die Ehe mußte anerkannt worden sein, weil Friedrich später wieder in Rußland war und durch Leitung von Bergwerken Vermögen erwarb. Es sind zwei gelbe Briefe vorhanden, welche an diesen Großvater meines Vaters von seinem Bruder Joseph Roderer geschrieben waren, in deren erstem Joseph seine Vermählung anzeigte, und in deren zweitem Joseph um Angabe des Aufenthaltsortes Friedrichs bat. Meines Vaters Vater, auch Friedrich geheißen, war in Siebenbürgen, und hatte dort Liegenschaften. Mein Vater, der wieder Friedrich heißt, verkaufte dieselben, und übersiedelte nach Wien. Daß in Holland Nachkommen von Peter Roderer, einem andern Sohne des Obersten, sein sollen, wußte er auch. Sonach ist der Stammbaum nun aus den Erinnerungen meines Vaters und Roderers völlig aufgestellt worden. Wir, die Friederich Roderer, sind der ältere Zweig von dem Obristen, und die Peter Roderer sind der jüngere. Da der deutsche Herr keine Kinder haben konnte, und die Nachkommenschaft Josephs ausgestorben ist, so sind diese beiden Zweige nun die einzigen Rodererzweige.

Es war großer Jubel über diese Enthüllungen, all unsere Roderer kamen herzu, nämlich meine zwei Oheime mit ihren fünf Söhnen, und es wurde ein Mahl veranstaltet. Meine Großmutter war glücklich, daß sich die Roderer nun wieder mit einem Schlage ausgedehnt hatten. Sie war die lebendige Handfeste unseres Zweiges, und wie so in der alten Geschichte geforscht wurde, kamen ihr immer mehr Erinnerungen zu, und von ihren Lippen folgte Erzählung zu Erzählung, die erst mächtig die Klarheit förderte.

Peter Roderer reisete wieder heim, und im Frühling kamen nach Verabredung alle Roderer in Firnberg zusammen und brachten auch alle ihre weiblichen Angehörigen mit. Es war nun da Peter Roderer mit seinem Sohne, der auch wieder Peter hieß und von England gekommen war; es waren da seine drei Brüder mit ihren Gattinnen, sieben Söhnen und drei Töchtern; es war da mein achtundachtzigjähriger Großvater mit unserer achtzigjährigen Großmutter und vier Töchtern, meinen Tanten; es war mein Vater mit mir und meiner Schwester, und es waren da meine zwei Oheime mit ihren Gattinnen und fünf Söhnen, wozu ich nun noch Mathilde, des älteren Peter Roderers Gattin, und Susanna, meine Braut, nennen muß. Es wurde die Stammesverbrüderung gefeiert, und Peter Roderer gab mehrere Feste. Alle männlichen Roderer hatten den kurzen Vollbart, außer denen, welchen er erst wachsen mußte, und alle Bärte waren braun: nur der meines Vaters war schon gemischt weiß, so wie es die der drei Brüder des älteren Peters waren. Der des älteren Peters war weiß, und der meines Großvaters war schneeweiß. In dieser Versammlung wurde mir auch Susanna endgültig zugesprochen. Die Hochzeit sollte am Petrus-Paulustage sein. In dieser Versammlung sprach auch mein Vater und mein künftiger Schwiegervater den Wunsch aus, daß ich von jetzt an bis zu dem Hochzeitstage einen Flug durch die Länder Holland, Belgien, Frankreich und Italien machen möchte. Ich sah den Grund nicht ein; aber in meinem Glücke wollte ich mich gegen nichts auflehnen, und willigte ein. Als die Roderer sich trennten, fuhr ich auf der Straße gegen Holland. Ich war schon geraume Zeit vor dem Petrustage wieder zurück, und hatte aus eigenem Antriebe noch ein Land hiezugefügt, nämlich die Schweiz.

Da ich meine zukünftigen Angehörigen in Firnberg begrüßt hatte, ging ich in mein Blockhaus.

Dort blieb ich zwei Tage vor meinem Bilde sitzen. Dann ging ich zu Susanna, bat sie um eine

Unterredung, und sagte zu ihr: »Meine geliebte Braut, du höchstes Gut meines Herzens hienieden! höre mich an. Mein großes Bild, welches bis auf Kleinigkeiten fertig ist, kann die Düsterheit, die Einfachheit und Erhabenheit des Moores nicht darstellen. Ich habe mit der Inbrunst gemalt, die mir deine Liebe eingab, und werde nie mehr so malen können. Darum muß dieses Bild vernichtet werden, und keines kann mehr aus meiner Hand hervorgehen. Wenn du sagst, ich werde dich verlieren, wenn ich mein Streben aufgebe, so muß ich dich mit dem ungeheuren Schmerze verlieren, aber meinen Entschluß ausführen. Jetzt rede.«

»Nein, du verlierst mich nicht«, antwortete sie, »mein Vater hat mich von Kindheit an im Kennen von Bildern geübt. Deine Bilder sind außerordentlich schön; wenn aber deine Gedanken höher sind, und du dich durch deine Hervorbringungen gedemütigt fühlst, vertilge sie. Ich liebe dich noch mehr. Wir werden unsere Herzen verbinden, sie werden etwas vollführen, und klein und niedrig und unerheblich wird es nicht sein.«

Und wir schlossen uns in die Arme und drückten die heißen Lippen an einander, und drückten sie noch einmal an einander, dann schüttelte ich ihr die Hand und sagte: »Erzähle deinem Vater, was ich dir gesagt habe. Ich gehe jetzt in das Blockhaus.«

Wir trennten uns.

Im Blockhause nahm ich das Bild aus dem Rahmen, zerlegte den Rahmen und verpackte ihn in seine Kiste. Dann schnitt ich die Leinwand des Bildes aus ihren Hölzern, zerschnitt sie in kleine Teile, und verbrannte diese Teile langsam im Ofen. Dann zerlegte ich die Hölzer und verbrannte auch sie. Dann verbrannte ich alle meine Entwürfe, und zuletzt die Farben, die Pinsel und die Malerbrette. Was sonst noch an Geräten war, bestimmte ich späterer Zerteilung. Daß in dieser Sommerszeit Rauch aus meinem Rauchfange ging, befremdete meine Nachbarn, die Wirtsleute, nicht; denn ich hatte öfter im vergangenen Sommer zu meinen Zwecken Feuer in meinem Ofen gehabt.

Ich fühle nun eine Freiheit, Fröhlichkeit und Größe in meinem Herzen wie in einem hell erleuchteten Weltall.

Ich reiste nach Wien zu Vorbereitungen.

Am Peter-Paulustage war die Hochzeit. Sie wurde in Firnberg gefeiert. Alle Roderer, die im Frühlinge an dieser Stelle gewesen waren, kamen noch einmal, um die Feier mit zu feiern und die Stammesgefühle nur noch fester zu binden. Die Trauung geschah in Lüpfing unter großem Zusammenlaufe von Menschen. Meine Wirtin schlug die Hände zusammen, als sie sah, daß ich Susanna heirate. Ihr Mann Christian trug einen großen Blumenstrauß von der Lüpf nach Firnberg. Als wir bei dem Mahle saßen, stand Peter Roderer, mein Schweigervater, mit dem Rheinweinglase auf und sprach: »Der hier anwesende Friedrich Roderer, der jüngste dieses Namens, hat in der letzten Zeit gezeigt, daß er ein ganzer Roderer ist. Meine Tochter Susanna hat auch nicht ermangelt, sich als Rodererin darzutun; heute haben wir beide ehelich zusammengefügt, es muß also von ihnen noch Rodererischeres kommen, als von anderen Roderern, - möge es so groß sein, wie nie ein Roderer etwas zuwegen gebracht hat, und möge es mir erlaubt sein, ihr Wohl auf grenzenlose Zeit hinaus auszubringen.«
»Das Doppelrodererwohl auf grenzenlose

Zeit!« riefen mehrere Gäste; alle aber standen auf und stießen an.
Wir dankten auf das verbindlichste.
Und es war an diesem Tage auch große Fröhlichkeit in Firnberg. Die Roderer tranken, als müßten sie wahr machen, was mir die Wirtin geweissagt hat, wenn ich auf Susannas Hochzeit mit dem Grafen wäre, und als müßte sie Peter Roderer endlich klärlich auf Wägen nach Hause bringen lassen.

Zu dieser Ausgabe:

insel taschenbuch 2415: Adalbert Stifter, *Nachkommenschaften.* Der Text folgt der Ausgabe: Adalbert Stifter, *Werke.* Herausgegeben und mit Nachworten versehen von Uwe Japp und Hans Joachim Piechotta. Zweiter Band. Insel Verlag Frankfurt am Main 1987. Orthographie und Zeichensetzung wurden darin dem modernen Sprachgebrauch angenähert. Die Erzählung erschien erstmals in Fortsetzungen in: *Der Heimgarten*, München 1864
Umschlagabbildung: John Singer Sargent, *Claude Monet, am Waldrand malend*, 1887, Ausschnitt (London, The Tate Gallery)

insel taschenbücher
im Großdruck
Eine Auswahl

Tschingis Aitmatow. Dshamilja. Erzählung
it 2323. 139 Seiten

Isabel Allende
- Das Geisterhaus. Roman
  it 2341. 740 Seiten
- Geschenk für eine Braut. Geschichten
  it 2384. 137 Seiten

Elizabeth von Arnim
- Elizabeth und ihr Garten. Roman
  it 2338. 216 Seiten
- Verzauberter April. Roman
  it 2346. 370 Seiten

Augustinus. Liebe und tu, was du willst
it 2382. 90 Seiten

Jane Austen. Verstand und Gefühl. Roman
Mit Illustrationen. it 2365. 618 Seiten

Emily Brontë. Die Sturmhöhe. Roman
it 2348. 598 Seiten

NF 53/134/3.00

Annette von Droste-Hülshoff. Die Judenbuche. it 2405. 128 Seiten

Epiktet. Wege zum glücklichen Handeln
it 2359. 232 Seiten

Epikur. Philosophie der Freude
it 2390. 136 Seiten

Max Frisch. Homo faber. it 2344. 298 Seiten

Johann Wolfgang Goethe. Ob ich dich liebe weiß ich nicht. Liebesgedichte
it 2396. 175 Seiten

Hermann Hesse
- Eigensinn macht Spaß. Individuation und Anpassung. Ein Lesebuch
  it 2373. 275 Seiten
- Jedem Anfang wohnt ein Zauber inne Lebensstufen. Ein Lesebuch
  it 2357. 281 Seiten
- Mit der Reife wird man immer jünger Betrachtungen und Gedichte über das Alter. it 2311. 191 Seiten

André Kaminski. Nächstes Jahr in Jerusalem. Roman. it 2334. 491 Seiten

NF 53/135/3.00